Die Liebe in der Gastronomie

Alfred Dobisch

Die Liebe
in der Gastronomie

Erzählung

Alles verstehen heißt alles verzeihen.

Buddha

Inhalt

Das Café am Marktplatz

E. war eine Frau Anfang vierzig. Sie hatte langes dichtes Haar, das nach dem Waschen seidig war. Sie arbeitete schon seit Jahren in dem Café am Marktplatz. Seit mehreren Monaten arbeitete dort auch der H. Er war jünger als sie. Er ließ seine strähnigen Haare locken oder färben, manchmal auch beides. Am Morgen brachte er es mit einem Gel in Form und während seiner Arbeit betrachtete er sich immer wieder in der Spiegelwand hinter der Bar.

Wenn im Sommer vor dem Café die Tische besetzt waren und mehrere Tabletts mit vorbereiteten Getränken auf der Theke standen, fiel die E. in den Laufschritt derjenigen Menschen, die mit ihrer Arbeit nicht nachkommen. Sie trug die schweren Tabletts ins Freie und auf dem Rückweg war sie umsichtig genug, die leer getrunkenen Gläser wieder mit hineinzunehmen.

Erst am frühen Abend, wenn sich das Café leerte, ließ sie sich von dem H. ein Glas Wein einschenken und eine Zigarette anzünden. Dann spürte sie, wie ihre Bluse hinten am Rücken aus dem Rock gekrochen war. Aber sie würde es nicht korrigieren. Nachher vielleicht, bevor die Abendgäste kämen. Aber jetzt nicht.

»Schau, was ich zwischen den Tischen gefunden habe«, sagte sie und legte eine silberne Brosche auf die Theke. Der H. nahm das Schmuckstück in die Hand und begutachtete es. Die Anstecknadel war abgebrochen. Er legte es wieder zurück und sagte: »Wann hörst du endlich auf, dich nach jedem Dreck zu bücken?«

»Was verstehst du denn davon: Du findest ja nie etwas.

Schenk mir lieber nach«, sagte die E. und steckte die Brosche zurück in ihre Schürzentasche.

Der H. füllte ihr Glas und lächelte. Sie zog das Kinn hoch und wandte sich ab. ›Wir werden hier noch gemeinsam alt‹, dachte sie, ›wie ein Ehepaar.‹

*

Einige Tage später kam um die Mittagszeit ein grauhaariger Mann in das Café. Er hatte einen Mantel über eine Kochuniform geworfen. Stracks trat er zur Bar. Als die E. ihn sah, ließ sie sofort ihre Arbeit liegen und fauchte:»Was willst du?«

»Ich hab nicht viel Zeit. Lies das und schenk mir ein.«

Der Mann hatte ein Briefkuvert aus seiner Manteltasche gezogen und auf die Theke gelegt. Die E. öffnete das Kuvert und las. Es war das Schreiben eines Notars. Als sie es gelesen hatte, faltete sie das Schreiben zusammen und steckte es zurück in das Kuvert. Das Kuvert legte sie auf die Theke und schob es dem Mann wieder hin.

»Du hast doch gewusst, dass es so kommen wird.«

»Schenk mir ein!«

Die E. füllte ein Glas mit Cognac und stellte es auf die Theke. Der Mann trank es in einem Zug aus und stellte es zurück.

»Es ist besser, wenn du gehst.«

Die Handbewegung war zuerst zögerlich, dann aber schnell. Die Hand griff fest zu. Die E. stöhnte vor Schmerz und hielt sich die Brust. Wortlos steckte der Mann den Brief ein und ging.

Der H. hatte die Szene beobachtet. »Kann ich dir helfen?«

Sie verbarg ihr Gesicht und schüttelte den Kopf. Er fing an, Geschirr in die Spülmaschine zu räumen.

Die E. verschwand im Hinterraum. Nach einigen Minuten kam sie heraus. Ihre Haare waren zerzaust und ihr Make-up war zerlaufen. Sie hatte ihren Mantel angezogen. »Fährst du mich nach Hause?«

Als er den Wagen vor ihrem Wohnblock parkte, zitterte sie immer noch. Er begleitete sie zu ihrer Wohnung. Sie bat ihn, einzutreten. Im Flur warf sie den Mantel ab. »Willst du etwas trinken.«

»Wenn du etwas nimmst, nehme ich auch etwas.«

Sie schenkte ihnen Wein ein.

»Das war mein geschiedener Mann.«

»Ich wusste gar nicht, dass du verheiratet warst.«

Später brachte sie ihn zur Tür. »Es war sehr nett von dir, mich zu bringen.« Für einen Moment standen sie sich im Flur gegenüber. ›Ich bin immerhin die Ältere‹, dachte sie und umarmte ihn. Auch er umarmte sie. Sie fühlten ihre aneinander gedrückten Körper. Die Umarmung dauerte an. Irgendwann wanderten seine Hände auf ihrem Rücken hin und her. Sie drückte sich fester an ihn. Seine Hände zupften an ihrer Bluse. ›Aber eigentlich komme ich für ihn doch gar nicht in Frage‹, dachte sie. Aber da suchten sich schon ihre Münder.

*

Im Herbst begann der H. für einen Barkeeper Wettbewerb zu trainieren. Es ging darum, eine Reihe Cocktails in einer vorgegebenen Zeit zu mixen. Eine Jury würde die Getränke nach Art der Präsentation und des Geschmacks beurteilen.

Zur Vorbereitung kaufte er sich einen matt polierten Shaker, in dem er seine Initialen in großen geschwungenen Buchstaben eingravieren ließ. In den Abendstunden übte er in dem Café. Neben der eigentlichen Zubereitung probierte er sich an zahlreichen Kunststücken: Die Flaschen werfen und wieder fangen; das Obst werfen und in der Luft mit dem Messer aufspießen, den Shaker über die Schulter werfen und hinter dem Rücken auffangen.

»Wie ist das?« H öffnete den Shaker und goss ihr in weitem Bogen eine gelbliche Flüssigkeit in ein Glas. Die E. nippte daran.

»Da ist zu viel Rum drin. Du machst immer alles zu stark«, sagte sie. »Die Leute wollen sich nicht nur betrinken, es soll auch schmecken!« Sie verzog den Mund und schob das Glas weg.

Am folgenden Montag kam H. mit einem in grauem Packpapier geschlagenen Gegenstand in das Café.

»Ich habe gewonnen!«

Er und E. entfernten das Papier. Es war eine gerahmte Urkunde über den dritten Platz in der Kategorie »Gin Cocktails«.

»Wir hängen es über die Bar zwischen die Spiegel. E. schob einige Flaschen zur Seite, sodass die Urkunde zwischen den beiden Spiegeln Platz fände.

H. setzte gerade an, den Nagel in die Wand zu schlagen, als der Herr G. in das Café trat.

»Sie können hier nicht machen, was Sie wollen!«

Der Herr G. war ein Mann von fünfzig Jahren, der Hemden mit Manschettenknöpfen trug und einen Spazierstock benutzte. »Aber ich habe gewonnen«, erwiderte der H.

Der G. fuchtelte mit dem Spazierstock. »Das interessiert mich nicht. Es gewinnen täglich irgendwelche Tölpel irgendetwas.«

H. fühlte den Griff des Hammers in seinen Händen. Er hatte seinen Bizeps angespannt und genau gezielt, um den Nagel mit wenigen Schlägen schnurgerade in das Mauerwerk zu treiben.

*

Jetzt stand die Urkunde unter der Theke zwischen den Sektkübeln und Weinkühlern. Dort stand auch H.s Cocktail Set. Es war nicht mehr genug Zeit geblieben, alles mitzunehmen.

Der Herr G. hatte mit dem Handstock auf die Theke geschlagen und geschrien: »Sie sind entlassen. Auf der Stelle!« Daraufhin war der H. hinter dem Tresen hergekommen; immer noch mit dem erhobenen Hammer. Der G. knurrte: »Kommen sie nur, ich wusste doch gleich das irgendetwas mit ihnen nicht stimmt!« Die E. ging dazwischen. »Mensch, mach keinen Unsinn!«

Danach war der H. spurlos verschwunden. Die E. bediente jetzt schon mehrere Wochen allein in dem Café. Plötzlich kam ein Anruf :

»Endlich! Ich dachte schon sonst was!«

»Quatsch. Ich bin auf I. Es ist traumhaft. Das Wetter ist so wunderbar, immer nur blauer Himmel.«

»Ich wäre so gerne mit dir gefahren.«

»Kannst du mir einen Gefallen tun?«

Ist etwas passiert?«

»Ich bleibe hier.«

»Aber da bist du doch fremd?«

»Gute Barkeeper finden immer einen Job.«

»Das kommt zu überraschend.«

»Willst du mir helfen?«

»Was brauchst du?«

»Kannst du mir mein Cocktail Set schicken. Und auch die Urkunde?«

»Wenn du mir die Adresse gibst.«

Die E. notierte sich die Adresse. Es war die Adresse einer anderen Frau.

»Und was ist das für eine Frau?«

»Eine Geschäftspartnerin.«

»Es ist immer schön, wenn man sich verlieben kann.«

»Wir machen eine Bar. Wir werden unsere eigenen Chefs. Mehr nicht.«

Nachdem sie aufgelegt hatte, fing sie an, Essbestecke in Servietten zu wickeln. Es war Winter geworden und draußen vor den großen Fenstern des Cafés schneite es dicke Flocken. Sie versuchte sich H. vorzustellen, wie er unter Palmen hinter einer Bar stand und Frauen in Bikinis bediente. Vor dem Fenster balgten einige Schulkinder. Sie zogen sich gegenseitig an ihren Tornistern, bis sie kippten und in den Schnee fielen. Im letzten Jahr hatten sie an den Adventstagen vor dem Café einen Stand aufgebaut. Der H. hatte eine Weihnachtsmannmütze getragen und mit einer Handglocke geläutet. Sie rief »Glühwein, heißer Glühwein!« und manchmal fing sie in kindlicher Lust eine Schneeflocke, die vor ihrem Gesicht durch die schwere Winterluft taumelte, mit der Zunge auf.

Im neuen Jahr erinnerte die Buchhalterin sie an ihre Urlaubstage aus dem letzten Jahr, die sie noch nicht genommen hatte: »Gehen sie doch jetzt. Wenn erst Ostern da ist, wird es wieder hektisch.«

»Aber ich weiß gar nicht, wohin ich fahren könnte.« sagte die E.

»Machen Sie eine Kreuzfahrt. Auf einer Kreuzfahrt kann man sich einmal richtig bedienen lassen!«

Nach der Arbeit ging die E. in ein Reisebüro. Eine Verkäuferin blätterte für sie die Kataloge durch. Wenn sie etwas Passendes zu sehen glaubte, schob sie den aufgeschlagenen Katalog zur E. hinüber. »Hier ein schöner Pool auf dem Topdeck.« sagte sie und tippte mit einem Kugelschreiber auf ein Bild des Swimmingpools.

»Es gibt einen Nachtklub, ein Varieté und eine Bühne mit Livemusik. Da ist für jeden Geschmack etwas dabei.« sagte sie und tippte mit dem Kugelschreiber auf ein Katalogbildchen, das Menschen zeigte, die auf Barhockern saßen und sich zuprosteten.

»Während der Reise besuchen sie drei Inseln«, sagte die Verkäuferin und zählte die Namen auf. Hs Insel war auch darunter.

»Die Reise nehme ich!« sagte E.

Die Inselbar

Das Lokal lag im Zentrum eines Feriendorfes. Der schmale Raum wurde durch eine lange Theke unterteilt. Ursprünglich hatte das Lokal einmal als Stehcafé gedient, aber der Betrieb ruhte schon seit einer Saison. An der Theke konnten Hocker aufgestellt werden und draußen auf dem Bürgersteig war Platz für Tische.

»Das ist es!« sagte die N.

»Aber die Miete ist viel zu hoch.« sagte der H.

»Das ist eben Insel. Insel ist immer teuer.«

Die N. war groß und schlank. Sie trug Badeschlappen, eine kurze Turnhose und ein Bikinioberteil. Um ihre Hüften hatte sie eine Bauchtasche gebunden, in der das Kapital ihrer gemeinsamen Unternehmung in Form eines dicken Bündels Geldnoten steckte. Von Wasser und Sonne war ihre Haut bronzefarben geworden und ihr schulterlanges Haar war ausgeblichen.

»Abgemacht!« sagte der Herr D. Er war der Besitzer der Ladenzeile und der Betreiber eines Restaurants nebenan. Er und die N. besiegelten das Geschäft mit einem Handschlag.

*

In den nächsten Tagen war H. mit der Renovierung des Lokals beschäftigt. Um ihnen die Aufnahme des Betriebs zu erleichtern, hatte der Herr D. versprochen, die erste Miete bis zum Ende des Monats zu stunden. Aber dann erschien er doch schon vor der Eröffnung und verlangte das Geld. Der H. ließ den Pinsel fallen ging und auf ihn los. Die N.

versperrte ihm den Weg. Sie öffnete die Bauchtasche und zählte den Betrag in die ausgestreckte Hand des Vermieters.

Als sie wieder allein waren, sagte der H: »Du wirfst das Geld nur so raus!«

»Und du, was hättest du denn getan? Zugeschlagen?«

»Ja, das wäre genau das Richtige gewesen!«

»Dummkopf!«

Später stand der H. in dem kleinen Hof, der hinter der Ladenzeile lag. Er zündete sich noch eine Zigarette an und versuchte sich zu beruhigen. Er stand zwischen den Mülltonnen und starrte auf die grauen mit leeren Dosen und Wasserflaschen übersäten Dünen, die gleich hinter dem Drahtzaun begannen. Über ihm im ersten Stock des Gebäudes streckten die Klimaanlagen ihre viereckigen Hinterteile aus den Fenstern und machten »RrrRrr«.

›Wo Licht, da auch Schatten‹, dachte er und schnippte, wie er es sich bei den Einheimischen abgeguckt hatte, die Zigarettenkippe durch eine Masche des Drahtzauns. Nicht durch irgendeine Masche, sondern durch genau diejenige, die er zuvor mit halb zugekniffenen Augen anvisiert hatte.

Die Eröffnung war an einem Donnerstag. Gegen Mittag kamen die ersten Gäste: ein Ehepaar in den Fünfzigern. Der Mann bestellte ein Bier, sie eine Limonade. In einem kleinen Schüsselchen servierte N. Knabbersachen. Die Frau aß einige Nüsschen. Der Mann griff hinein und leerte die Schüssel. Irgendwann bestellte er ein zweites Bier. Alles lief wie am Schnürchen.

Gegen 19 Uhr setzten sich die ersten Gäste an die Bar. Ein einzelner Mann trank mehrere Biere und gaffte die

Mädchen an, die vom Strand kamen. Dann ging er auf die Toilette, kam aber gleich wieder zurück: »Die Spülung ist kaputt.« sagte er und setzte sich zurück an die Bar. Der H. ging nach hinten und schaute nach. Er drückte den Spülknopf und das Wasser lief ab. Als er wieder in das Lokal trat, war der Mann verschwunden. N, die draußen an den Tischen bediente, wollte nichts bemerkt haben.

Gegen 21 Uhr kamen die Freunde der N. Die Musik wurde laut gestellt; es war kein Durchkommen mehr. ›Für das nächste Wochenende muss eine zweite Bedienung her‹, dachte der H.

Gegen 23 Uhr begannen die Gäste, zu tanzen. Gegen 1 Uhr nachts war das Ziel erreicht: Zwei Mädchen enterten die Bar und warfen ihre Bikinioberteile in die Menge.

Gegen 4 Uhr morgens ließ der H. das schwere Metallgitter vor den Eingang rasseln. Arm in Arm wankten sie zu Ns. Apartment. Er stellte sich den Wecker. Denn das Bier war aus und für den nächsten Abend musste nachbestellt werden. Die N. hatte sich schon unter der Decke eingerollt. Nachdem er das Licht ausgeknipst hatte, schob er sich an ihren Körper und seine Hände umfingen ihre Hüften.

»Ich bin müde«, sagte sie und robbte sich aus seiner Umarmung.

Bald hörte er ihren ruhigen, gleichmäßigen Atem. Er lag auf dem Rücken. Dort, wo der Vorhang zur Wand anschloss, war ein Spalt geblieben, durch den das Mondlicht fiel.

*

Die Passagierkabine war klein, hatte aber ein Fenster. Wenn sich die E. auf die Zehenspitze stellte und ganz steil nach unten guckte, konnte sie die an den Schiffsrumpf schlagenden Wellen sehen.

Sie nahm den Schuhkarton, in dem sie Hs Urkunde und den Cocktail Shaker verpackt hatte, aus dem Koffer und verstaute ihn im Kleiderschrank.

Beim Frühstück erzählte sie einem Ehepaar von einem Freund, den sie auf der zweiten Insel ihrer Reise besuchen würde. Ein Gastronom, der dort eine Bar betriebe.

»Bleiben Sie bei ihm?« fragte die Frau.

»Nein, Insel ist nichts für mich«, erwiderte E. »jedenfalls nicht sofort.«

»Immer Sonne und Meer«, schwärmte die Frau, »sie sollten es sich überlegen.«

*

Während der Woche kamen kaum Gäste. H. versuchte den Umsatz anzukurbeln. Auf einer Werbetafel, die er im Hinterraum der Bar gefunden hatte, bot er einen »Daily Special« an. Den Beutel mit dem Bündel Geldnoten trug jetzt er.

Während des Tages war die Bar kaum besucht. »Das schaffst du heute schon allein.« sagte die N. und ging zum Strand.

Es war an einem Freitag, als die N. in der Nacht nicht mehr zurückkehrte. H. biss die Zähne zusammen und schob am Morgen das Metallgitter hoch. Er stellte die Werbetafeln mit den Angeboten auf die Plaza. »Happy Hour«.

Auch in den nächsten Tagen blieb N. verschwunden. Er suchte die nahen Strände ab.

An einem Morgen einige Tage später, saß sie vor dem herabgelassenen Gitter. Als sie den H. sah, sprang sie auf und hakte sich unter. »Komm, lass uns zum Meer gehen.«

Sie schlenderten über den Strand, entlang der Linie, die die Wellen in den Sand malten. »Ich hab mich verliebt.« sagte N.

»Ach?«

Es war ein Surfer und N. würde mit ihm auf eine Insel reisen, die weiter südlich lag.

»Du kannst das Apartment haben.« sagte die N.

»Wozu?«

»Aber du musst doch irgendwo wohnen?«

»Und unsere Bar?«

»Du kannst die Bar behalten und mich auszahlen. Wir machen Halbe-Halbe.«

»Aber es ist doch gar kein Geld mehr da?«

»Dann musst du dir etwas leihen!«

H. blieb stehen und taxierte sie. Sie trug Touristenschmuck: Bändchen mit Kunststoffperlen, ein Lederband mit etwas, das wie Haizähne aussah. Um die Handgelenke hatte sie sich links und rechts zahlreiche »Freundschaftsbändchen«, aus farbigem Garn gebunden.

»Hau ab!«

Die N. wich einen Schritt zurück. Dann wandte sie sich um und lief den Strand hoch. Der H. spürte jetzt, dass er die Fäuste geballt hatte und mit den Zähnen mahlte.

Als er am Abend in das Apartment kam, waren Ns Sachen schon nicht mehr da. Am nächsten Tag räumte auch er das Apartment. Er schlief jetzt in der Bar; auf der Theke, denn der Betonboden war zu kalt.

Für einige Tage hielt er das Lokal noch geöffnet. Manchmal versuchte er, mit den Mädchen aus den Hotels zu flirten. Die jungen Leute schauten immer häufiger zu ihm herüber und begannen zu kichern. Die Burschen beschwerten sich über die Musik. Der H. stellte einen anderen Radiosender ein. Eine Woche später hatte er keine Gäste mehr. Er schaltete das Radio aus und räumte die Werbetafeln zurück in den Hinterraum. Als es nichts mehr zu tun gab, öffnete er eine Gin Flasche.

Am nächsten Tag fand er sich auf dem Boden hinter der Theke wieder. Um sich aufzurichten, musste er sich Stück für Stück an der Theke hochziehen. Niemand hatte in der Nacht das Metallgitter heruntergelassen. Im Gastraum pinkelte ein streunender Hund gegen die Wand.

»Frauen? Mistweiber!« rief der Herr D. Sie saßen in seinem Restaurant und diskutierten die Lage. Für die letzten Vorräte an Bier und Wein wollte der H. noch etwas Geld bekommen.

»Eure Mietschulden«, sagte der Herr D, »ich kann dir nichts geben.«

»Aber wir haben den Laden wieder zum Laufen gebracht!«

»Ah, ein! Niemand ist da! Keine Gäste!«

Der H. nahm einen Schluck von dem Bier, das der Herr D. ihm hingestellt hatte. Plötzlich hellte sich das Gesicht des Vermieters auf. »Aber ich will dir einen Gefallen tun: Mein Schwager arbeitet auf einem Kreuzfahrtschiff. Er kann etwas für dich tun. Das Schiff kommt schon morgen.«

*

Hs Insel war das zweite Ziel der Kreuzfahrt. Die E. stand an der Reling und schaute auf die Lagerschuppen und Kräne der Hafenanlagen. Langsam wurden im Näherkommen Details sichtbar: die bunten Ladenschilder der Souvenirshops und Hafenrestaurants, die Taxis und Busse, deren Fahrer in Gruppen zusammenstanden und rauchten.

Die E. steckte den Schuhkarton in eine Tüte und ging allein in das Städtchen. Sie fragte sich zu der Adresse durch, die der H. ihr genannt hatte. Es war ein Apartmenthaus am Dorfrand. Von der Klingel der Wohnung Nummer 24 war das Namensschild abgekratzt worden.

Dann suchte sie nach einer Bar, auf die Hs Beschreibung passen könnte. Es war um die Mittagszeit. Die meisten Lokale waren geschlossen. Sie spähte durch das Ladengitter einer schmalen Bar, die neben einem Restaurant lag. Eine Stunde lang ging sie vor dem Haus auf und ab. Später kamen die Mitreisenden vom Strand zurück. Sie schloss sich ihnen an und kehrte auf das Schiff zurück.

Das Kreuzfahrtschiff

Die niedrigen Dienstgrade, die Hilfskellner, Küchenhilfen und Putzfrauen waren in Doppelkabinen untergebracht; im Unterdeck unterhalb der Wasserlinie. Der H. lag auf seiner Koje. Er stellte sich vor, wie nur einige Zentimeter von ihm entfernt das Wasser des Ozeans gegen die Stahlwand schlug. Mit dem Handrücken wischte er das Kondenswasser von der Wand und drückte ein Ohr dagegen. In weiter Ferne hörte er ein Brummen, das von den Schiffsmotoren stammen musste.

Er teilte sich eine Kabine mit dem J. Der J. war ein kleiner, dunkler Mann, der als Kellner im Nachtklub des Schiffes arbeitete. »That's a good position to salsa with the ladies.« sagte er und machte in dem schmalen Gang zwischen ihren Kojen kleine Tanzschritte. Dann zog er sein Kinn hoch und band sich vor dem Kabinenspiegel die Krawatte, strich sich den Anzug glatt, trat zur Kabinentür und zog das Kinn noch höher: »Adios!«

*

Nachdem das Schiff die Insel wieder verlassen hatte, verliefen die Tage nach einem festen Muster: Nach einem ausgiebigen Frühstück verbrachte sie den Vormittag am Pool. Zum Mittagessen ließ sie sich einen Weißwein servieren. Leicht beschwipst ging sie danach auf ihre Kabine. Sie legte sich unausgekleidet auf die Tagesdecke, streifte an der Bettkante die Schuhe ab, befriedigte sich und schlief.

Wenn sie aufwachte, hatte sich das Licht bereits verändert. Die Strahlen fielen in einem flacheren Winkel durch das Kabinenfenster und sie fröstelte leicht. Es gab keinen Grund aufzustehen. Ein Kribbeln zog durch ihre Beine. Es würde schmerzvoll sein, sich zu bewegen. Für einige Minuten blieb sie noch reglos liegen. Irgendwann richtete sie sich auf.

Etwas später schlenderte sie durch das Shoppingcenter des Schiffes. Hier und da blieb sie vor den Auslagen stehen. Einmal kaufte sie einen Aschenbecher, auf dem das Schiffswappen geprägt war. In einem Café trank sie einen Milchshake. Dann ging sie zurück auf ihre Kabine, um sich für den Abend fertig zu machen. Es war ihr letzter Abend an Bord. Sie schminkte sich aufwendig. Als sie fertig war und ihre Utensilien wieder verstaut hatte, betrachtete sie sich weiter im Spiegel.

Am Abend trug sie, wozu sie zu Hause nie Gelegenheit hatte, ein langes Kleid. (»Und nehmen Sie ein Abendkleid mit, da geht es elegant zu!« hatte die Buchhalterin gesagt.)

Während des Dinners wurde sie von einem der Tischnachbarn, einem allein stehenden Finanzbeamten, der auf andere Gedanken kommen wollte, zu ihrem Kleid beglückwünscht. Nachdem sie ihren Kaffee ausgetrunken hatte, verabschiedete sich, um allein in den Tanzklub zu gehen.

*

Der H. war für den Küchendienst eingeteilt. Er hatte das Büfett aufzubauen. »Du kannst später in den Nachtklub kommen«, sagte J, »wir können noch etwas trinken, die Musiker sind meine Freunde.«

*

Die E. saß an einem der kleinen Tischchen in der Nähe der Tanzfläche und hörte der Band zu. Sie nippte an ihrem Cocktail; langsam, um nicht zu schnell betrunken zu werden. Sie rauchte viel zu viel. Einem Gast, der sie zum Tanzen aufforderte, gab sie einen Korb.

Der kleine Kellner machte ihr schöne Augen. Irgendwann warf er ihr eine Kusshand zu. Etwas später brachte er ihr unaufgefordert den Spezialcocktail des Schiffes. »For you«, sagte er und schaute ihr dabei in die Augen, so wie es in Filmen gemacht wird. Die Bar war jetzt fast leer. Bevor die Band das letzte Stück spielte, kam der Kellner und forderte sie zum Tanz auf.

Er stellte sich als »J.« vor. Die Musikband spielte ein schnelleres Stück. Obwohl sie eigentlich nie tanzte, fühlte sie sich in den Armen des Mannes wie eine gute Tänzerin. Das zweite Stück war langsamer und er drückte sie fest an sich.

Als die Musik aufhörte und die Band sich verabschiedete, blieben sie auf der Tanzfläche stehen und klatschten. Sie waren das einzige Paar. Der Saxofonist setzte sein Instrument ab und sagte etwas zu dem J. Der J. erwiderte etwas und die beiden Männer lachten. Der J. nahm ihre Hand und küsste sie. »Lassen Sie uns auf das Topdeck gehen.«

*

Zuletzt musste der H. helfen, die Küche zu säubern. Sie waren immer knapp mit dem Personal und der Küchenchef wusste, dass er illegal war. Als er endlich fertig war, riss er sich den Kittel vom Leib, brachte in dem kleinen Spiegel, der in der Innenseite seines Spinds geklebt war, seine Haare in Ordnung und stürmte dann die Treppen hoch zu den Oberdecks.

Im Nachtklub waren keine Gäste mehr. Die Musiker packten ihre Instrumente ein. »Wo ist J?«, fragte H. einen Mann, der ein Saxofon einpackte. »Ist schon weg. Hat zu tun.« Dabei lachte er und sagte etwas in einer fremden Sprache zu einem anderen Musiker.

*

Unter einem sternenklaren Himmel lief das Schiff mit einem leisen Säuseln durch das Wasser. Die E. stand an der Reling. Der J. stand hinter ihr und hielt sie umschlungen. Sie versuchte sich an Sternbilder zu erinnern, konnte aber keines identifizieren. Irgendwann wandte sie sich um und sie küssten sich.

Es war gegen 4 Uhr morgens, als der J. seine Kleider aufsammelte und aus der Kabine schlich. Als er die Kabinentür hinter sich schließen wollte, zog die E. plötzlich von innen die Tür wieder auf. »Das ist für dich.« Sie drückte ihm einen Schuhkarton in die Arme und warf die Tür zu.

*

Es musste gegen 5 Uhr 30 gewesen sein, als H. aufgeweckt wurde. ›Dieser Kerl‹, dachte er und drehte sich zur Kabinenwand. Während der J. bald schon schnarchte, konnte er nicht mehr einschlafen. Die stickige Luft, das Brummen in den Wänden, in der Matratze, in dem Kissen hielt ihn wach. Er lag auf dem Rücken und hatte die Augen geöffnet. Er schwitzte und dachte an die kalten Winter zu Hause. Und an das Café am Marktplatz. An den freien Blick durch

die großen Fenster, den lautlos fallenden Schnee im Later-
nenschein.

*

Die E. wurde von der Schiffssirene geweckt. Das Sonnen-
licht fiel in spitzen Strahlen durch das Kabinenfenster. Eilig
packte sie ihre Sachen zusammen und zog sich etwas Prak-
tisches für die Reise an. In einer plötzlichen Angst, sich
zu verspäten und möglicherweise mit dem Schiff wieder
auszulaufen, lief sie an Deck.

*

Der H. wurde von dem Klingeln des Kabinentelefons geweckt. »Du bist spät dran!« Er sprang aus dem Bett. An
dem Waschtisch schlug er sich Wasser ins Gesicht und
kämmte sich die Haare nach hinten. Der J. lag noch immer
tief schlafend auf seiner Koje.

Als er sich zum Dienst meldete, waren die Passagiere
schon ausgeschifft.

Manchmal unterbrach er die Arbeit und schaute durch
die Kabinenfenster auf den Kai. Zuerst sah er die Autobusse
für die Kreuzfahrtgäste. Als er mit seiner Arbeit fertig war
und auf das Außendeck kam, waren die Busse schon verschwunden. Auf dem Kai standen jetzt Lieferwagen. Männer schoben Paletten mit Lebensmitteln in das Schiff.

*

Im Flugzeug war sie eingeschlafen. Auf der Toilette bei der
Gepäckabfertigung schlug sie sich kaltes Wasser in das Gesicht. Als sie ihren Gepäckwagen durch die automatisch

zurückgleitenden Türen in die Ankunftshalle schob, erkannte sie im Spalier der Wartenden den Herrn G. Unwill-
kürlich ging sie langsamer. Der Herr G. hatte sie schon
gesehen und lächelte, worauf auch sie, um nicht unhöflich
zu sein, zurücklächelte. Er hielt einen Strauß Blumen in
den Händen; die Blumen der Liebe.

*

Es war in der Morgendämmerung. Die See war stürmisch.
Die Maschine brummte mehr denn je. Der Schiffsrumpf
hob und senkte sich. Der Schiffsarzt bekam keinen Schlaf,
denn viele Gäste wurden seekrank und glaubten, die Nacht
nicht zu überleben.

Der H. saß auf seiner Bettkante. Und der J. saß auf seiner
Bettkante. In der engen Kabine saßen sie sich gegenüber:
Kopf an Kopf und Knie an Knie. Der H. hatte eine Schnaps-
flasche aus dem Wandfach genommen und sie waren jeder
beim vierten Glas.

Er trank und hörte dem J. zu. So hatte er in den letzten
Wochen immer zugehört, wenn der J. seine Geschichten
erzählte, über Nächte in den Kojen der Frauen auf Ur-
laub.

Der H. war betrunken und schwankte mit dem Ober-
körper hin und her. Und auch der J. war betrunken und
schwankte. Der H. goss nach und auch der J. hielt sein Glas
wieder hin. Der H. hielt die Flasche senkrecht darüber und
ließ die letzten Tropfen herausperlen. Plötzlich hielt er inne.
Wie um etwas zu entziffern, führte er das Etikett ganz nahe
an seine Augen. Dann sprang er auf und warf die Flasche
gegen die Kabinentür. Der J. sprang ebenfalls auf, schrie
»Salut!«, trank die Nache aus und warf. Das Glas krachte

gegen die Kabinentür und polterte zu Boden. Die Männer fielen sich in die Arme und grölten.

Dann plumpsten ihre Leiber zurück auf die Kojen. Glas und Flasche rollten mit dem Auf und Ab des Schiffes von Kabinenwand zu Kabinenwand. Der H. richtete sich auf und lächelte den J. an: »Und gestern?«

Der J. kicherte. »Ein Geschenk bekommen!« Er bückte sich und zog den Karton unter seiner Koje hervor. Er nestelte ein Metallgefäß heraus und zeigte es dem H.

Der H. ergriff es. Er starrte die eingravierten Lettern an.

Das weiche rundliche Gesicht des J. kam dem H. ganz nahe. H. erkannte kleine Furchen auf den Lippen, ein Grübchen auf der Wange und ein leichtes Zittern der sanften knabenhaften Nase. Er spannte seine Nackenmuskeln an und riss den Kopf nach vorne.

Die Raststätte

Es war wieder Montag. Die E. saß in ihrer Küche, an einem Tischchen neben dem Fenster. Neben ihr brummte der alte Kühlschrank. Wenn sie überhaupt zu Hause war, saß sie meist genau hier, wo es so eng war, dass sie die Beine nicht ausstrecken konnte. Das Tischchen und der Stuhl waren aus dem Café. Sie hatte es mitnehmen dürfen, als vor einigen Jahren der Herr G. neues Mobiliar bestellt hatte. Auf dem Tischchen stand der Aschenbecher mit dem Wappen des Kreuzfahrtschiffes. Daneben lag eine leer gerauchte Zigarettenschachtel.

Nach ihrer Rückkehr hatte der Herr G. sich in dem Café nicht mehr sehen lassen. Er hatte sie noch zu ihrer Wohnung gefahren. Auf der Fahrt redeten sie nicht viel. »Ich bin so müde«, sagte sie. Er brachte ihren Koffer bis zur Wohnungstür. Nachdem sie aufgeschlossen hatte, stand sie mit den Blumen in der Hand unschlüssig auf der Schwelle. Der Herr G. hielt immer noch den Koffer.

Sie ging kurz in ihre Wohnung und legte die Blumen ab. Dann, als der G. schon Anstalten machte, den Koffer in die Wohnung zu tragen, griff sie über die Schwelle und sagte »Ach, lassen Sie nur, es geht schon.«

Der G. wich zurück: »Dann wünsche ich Ihnen eine gute Nacht.«

Nachdem die Tür ins Schloss gefallen war, verharrte sie für einen Moment hinter der Tür und lauschte. Sie hatte noch keine Schritte auf der Treppe gehört. Dann ging die Türglocke. Sie strich sich durchs Haar und öffnete die Tür einen Spalt breit.

»Ja?«

Der Herr G. stand einige Schritte von der Tür entfernt im Flur.

»Kommen sie morgen ruhig etwas später. Ich meine, wenn sie noch Erledigungen zu machen haben.«

»Das ist sehr aufmerksam von ihnen, aber ich kann pünktlich sein.« Die E. schloss die Tür und lauschte. Schließlich hörte sie Schritte auf der Treppe.

In den nächsten Tagen ließ der G. sich nicht blicken. Am Ende der Woche kam an seiner Stelle die Buchhalterin. Sie bat E mit ihr in den Hinterraum zu kommen, schloss hinter ihnen die Tür, nahm ihre goldene Brille ab und spitzte den Mund. »Sic sind gekündigt.«

*

Der J. war noch in derselben Nacht auf die Krankenstation gebracht worden. Am nächsten Morgen wurde H. in die Verwaltung geordert.

Zusammen mit dem letzten Lohn händigte ein Offizier ihm die Papiere aus: »Zählen Sie nach«, befahl er. Er trug eine weiße Uniform und hatte seine Dienstmütze auf dem Kopf.

Während er geistesabwesend die Geldscheine von der einen in die andere Hand gleiten ließ, sagte der Offizier: »Ihre privaten Angelegenheiten kümmern uns nicht.«

Schon als der H. die Gangway hinunter ging, schoben sich zwei Männer von hinten an ihn heran. Sie drückten ihn in eine Nebenstraße und dann weiter durch ein offenes Tor in das Halbdunkel eines Lagerhauses. Dort wartete ein dritter Mann. H. erkannte den Saxophonisten. Die Männer pressten ihn gegen eine Wand. Der Saxophonist schlug ihm mit der Faust in den Magen. Hs Mund entwich ein dumpfer Laut und seine Knie knickten ein. Aber die beiden Männer hielten ihn aufrecht. Einer fasste ihn hinten bei den Haaren und zog seinen Kopf hoch. Der Saxophonist streifte sich einen Schlagring auf die Finger und holte aus.

*

Die E. schlug die Zeitung auf. Es gab nicht viele Annoncen für die Gastronomie. Eine Hotelkette annoncierte für eine Büfettkraft: »Die üblichen Bewerbungsunterlagen.« Die E. stand auf und ging in den Flur, wo sie die obere Schublade ihrer Kommode öffnete. Hier hob sie amtliche Schreiben auf: Lohnkarten, Versicherungsscheine; sie kramte in den aufgerissenen Briefkuverts, den Formularen und maschinellen Ausdrucken. ›Ich muss den Herrn G. um ein Zeugnis bitten‹, dachte sie und schob die Schublade wieder zu.

Sie ging in die Küche zurück und blätterte ziellos in der Zeitung. Bei der Seite mit den Cartoons hielt sie inne. Über eine Bilderfolge lachte sie lauthals. Dann war es wieder still. Nur der Kühlschrank brummelte vor sich hin.

In der nächsten Woche annoncierte eine Autobahnraststätte. Es war eine Telefonnummer angegeben und der Name des Herrn T.

Sie rief an. Der Herr T. war gleich am Apparat.

»Ja, für die Raststätte. Es gibt pro Schicht einen Koch und die freie Stelle.«

»Sie haben schon einmal die Kasse gemacht?«

»Gut. Und was sagten sie? Wie alt sind sie?«

»Haben Sie Kinder?«

»Gut, kommen sie vorbei.«

Es fuhr kein Bus zu der Autobahnraststätte. Die E. musste sich ein Taxi nehmen. Sie ließ sich an der Tankstelle absetzen.

Im Kassenraum sah sie einen älteren Mann, der Herr T. sein musste. Er stand an einem Regal, auf dem in durchsichtigen Plastikpackungen Autozubehör lag: Blätter für Scheibenwischer, Zündkerzen und Lichtsätze. Der Herr T. griff in einen Pappkarton und füllte ein leeres Regalfach mit Plüschtierchen, wie sie von Reisenden als Mitbringsel gekauft werden. Der Herr T. war groß und dick. Er trug ein Hemd mit breiten Karos und schwitze. Die E. stellte sich vor. Während er Plüschtierchen auspackte, sagte er: »Das hier ist nicht, wo sie arbeiten sollen. Lassen sie uns zur Raststätte gehen.« Der Mann schob die halb leeren Kartons zur Seite und trat zur Tür. Die E. folgte ihm.

Die Raststätte lag am anderen Ende des Parkplatzes, auf dem einzelne Lastzüge parkten.

In der Raststätte schaute die E. sich um. Der Gastraum hatte zum Parkplatz hin große Fenster. Würde sie hinter der Kasse stehen, könnte sie durch die Fenster über den Parkplatz hinweg auf die Autobahn schauen, wo hinter einem Streifen aus Buschwerk die Autos vorbei flitzten.

»Sie sollen kassieren und die Getränke machen. Wenn viel Betrieb ist, hilft der Koch auch mit. Es kann aber auch sein, dass sie mal nach hinten in die Küche gehen und da mithelfen. Wir sind alle nicht zimperlich.«

Die E. nickte.

»Wir arbeiten von 6 bis 22 Uhr. Können Sie in der nächsten Woche anfangen?«

»Ja.«

*

Am Morgen kamen Fernfahrer zum Frühstück. Über den

Tag waren es einzelne Menschen, die einen Kaffee tranken oder eine Suppe aßen. Um die Mittagszeit kamen Reisebusse. Die Fahrgäste stiegen aus, reckten sich und eilten auf die Toiletten. Danach fanden sie sich an der Selbstbedienungstheke ein. Sie guckten in die Wärmebehälter, in denen hinter Glas die Tagesgerichte standen. Kaum jemand gab Trinkgeld.

Am Abend kamen wieder Fernfahrer. Sie kauften Bier und einige ließen sich den Schlüssel zu einem Duschraum geben. Wenn sie zurückkamen, trugen sie Freizeitanzüge und Badeschlappen. Sie waren frisch rasiert und ihr Haar war nass zurückgekämmt. Sie gaben den Schlüssel zurück und kauften ein Bier. Einige fragten: »Na, wie wär's mit uns? Für ne halbe Stunde?«

*

Es war an einem Abend unter der Woche bei Dienstschluss. Sie hatte sich ihren Mantel übergeworfen und wollte das Restaurant verlassen, als sie neben dem Schirmständer eine abgestellte Tasche bemerkte.

Es war eine breite Kunststofftasche mit zwei Tragegurten, wie sie für Sportsachen benutzt wurde. Die E. hatte diese Tasche heute schon einmal gesehen. Es war vielleicht eine Stunde her, dass eine junge Frau mit dieser Tasche in das Restaurant getreten war. Sie hatte einen Kaffee gekauft und sich an einen Tisch am Fenster gesetzt. Die Tasche hatte sie auf einen Stuhl abgestellt. Während sie trank, hatte sie immer wieder durch den geöffneten Reißverschluss in das Tascheninnere gespäht.

Die E. beugte sich hinab. Der Zipfel einer Wolldecke

guckte hervor. Mit spitzen Fingern zog sie die Falten der Decke auseinander.

Abrupt richtete sie sich auf. Sie schaute sich nach allen Seiten um. Sie lief hinaus und versuchte auf dem Parkplatzgelände irgendetwas zu erkennen. Ein Lastwagen hatte gerade die Tankstelle verlassen und brauste an ihr vorüber. ›Saß die Frau da nicht auf dem Nebensitz?‹ Sie schaute dem Lastwagen nach und versuchte das Nummernschild zu erkennen. Aber der Wagen war bereits zu weit weg. Es wurde ihr Schwindelig.

Sie nahm sich zusammen und beugte sich erneut zu der Tasche hinunter. Noch langsamer als zuvor zog sie die Decke auseinander: Das Baby hatte die Augen geschlossen. Ein Fäustchen hielt es gegen sein Mündchen gedrückt. Es schlief ganz ruhig.

Ihr nächster Gedanke war, zur Tankstelle zu laufen und über Telefon die Polizei zu alarmieren.

Dann erschrak sie. Das Baby hatte gegluckst. Vorsichtig hob sie es heraus. Sie drückte es an sich und fing unweigerlich an es zu wiegen. Das Kind gluckste weiter, schien aber nach wie vor zu schlafen.

Am Boden der Tasche lagen ein Nuckelfläschchen, einige Gläschen mit Säuglingsnahrung und eine angebrochene Packung Einwegwindeln. ›Ist es ein Junge oder ein Mädchen?‹ fragte sie sich. Sie steckte einen Finger unter die Windel. Sie fühlte das weiche warme Bäuchlein und fuhr mit den Fingern weiter, bis sie etwas Kleines fand. ›Es ist ein Junge‹, dachte sie. Der Säugling duftete leicht säuerlich, nach Babysalbe und Urin. Sie atmete aus und schaute hoch. Es war ganz still. Manchmal schoss draußen ein Auto vorbei und die Lichtkegel der Scheinwerfer huschten über die leeren Tische und Stühle des Restaurants.

*

Sie musste wohl für eine Stunde oder länger auf der Garderobenbank, mit dem Kind auf dem Arm verharrt haben. Ihr fröstelte. Sie stand auf und bettete das Baby in die Tasche zurück. Sie stellte die Tasche auf den Beifahrersitz ihres Autos und ließ den Motor an.

Als sie den Wagen vor ihrem Wohnblock parkte, schaute sie sich vor dem Aussteigen nach allen Seiten um. Als sie niemanden sah, eilte sie mit der Tasche in den Hausflur und in den Fahrstuhl. Ihr Herz pochte.

In ihrer Wohnung legte sie das Baby in ihr Bett. Es schlief. Sie legte sich daneben und versuchte ebenfalls zu ruhen. Der Geruch des Säuglings verbreitete sich im Raum.

Irgendwann schrie das Baby. Sie wachte aus einem leichten Halbschlaf auf und sprang aus dem Bett.

So wie es auf dem Etikett des Fläschchens beschreiben stand, versuchte sie die Säuglingsnahrung zuzubereiten. Sie befüllte die Nuckelflasche, aber das Baby wollte nicht essen. Unentwegt schrie es und die E. bekam Angst, die Nachbarn könnten die Polizei alarmieren. Später wurde es still und beide schliefen in gemeinsamer Erschöpfung ein.

*

Als der H. aufwachte, lag er in einem abgedunkelten Raum. Aus der oberen rechten Ecke über seinem Kopf fächelte ein Ventilator Luft in den Raum. Eine grüne Leuchtdiode schimmerte. Er schlief wieder ein.

Als er das nächste Mal aufwachte, war über seinem Lager eine Klemmlampe angebracht und neben der Matratze stand ein Tablett mit Suppe und einem Teekännchen. Er richtete sich auf und betastete seinen Kopf. Er konnte die Augen nur einen Spalt weit öffnen und da wo seine Nase sein musste, war ein Mullverband. Probehalber tastete er danach. Unter dem Verband war alles beweglich und der Schmerz der Berührung warf ihn zurück auf das Lager.

*

Am nächsten Tag rief die E. in der Praxis ihres Hausarztes an. Sie klagte über Monatsschmerzen und überredete die Arzthelferin, an ihrer statt die Krankmeldung bei dem Herrn T. zu machen.

Dann warf sie sich einen Mantel über, bettete den Säugling zurück in die Tragetasche und eilte hinaus. In der Stadt kaufte sie ein Buch über Säuglingspflege und besorgte in einem Kaufhaus die notwendigen Utensilien. Um das Kind immer bei sich haben zu können, kaufte sie ein Tragekörbchen.

Sie ging auf die Kundentoilette und schloss sich in einer Kabine ein. Sie wickelte den Säugling in die Decke und bettete ihn in das Tragekörbchen.

Auf dem Rückweg zu ihrer Wohnung traf sie im Hausflur eine alte Nachbarin. »Ich habe gar nicht gemerkt, dass sie schwanger waren.« Die Alte beugte sich zu dem Baby, das in dem Körbchen schlief, hinab. »So ein süßes Kind, wie heißt es denn?«

Die E. stutzte. »Er soll H. heißen ...«, sagte sie schließlich, » ... wie sein Vater.«

In einer Apotheke hatte sie Milchersatz und ein Wärmegerät gekauft. Das Kind gewöhnte sich bereits an diese Nahrung; ihr gelang das Wickeln immer besser. Wenn es schlief, setzte sie sich erschöpft an das Küchentischchen und rauchte. Manchmal klingelte das Telefon. Sie hob nicht ab.

Wenn das Kind in der Nacht aufwachte, bereitete sie ihm die Nahrung zu und fütterte es. Nachdem es wieder eingeschlafen war, trank auch sie ein Glas warme Milch. Dabei schaute sie aus dem Fenster auf den Mond, der gerade hinter einer Wolke hervorkam. ›Was der H. jetzt wohl macht?‹ dachte sie. Sie rechnete nach, ›ja, es könnte sein.‹ Die eine Nacht, die sie mit dem H. verbracht hatte. ›So etwas kommt vor, wenn das Schicksal es will‹, dachte sie und begann sich weitere Geschichten zurechtzulegen.

›Wenn der H. wieder kommt, muss ich ihn ganz langsam an die neue Situation heranführen‹, dachte sie. ›Er soll nur etwas Geld dazu geben und in der Umgebung bleiben. Dann kann das Kind später in der Schule zeigen, dass es einen Vater hat.‹

Die E. schaute noch einmal nach dem schlafenden Kind. ›Wenn er gar nicht wieder kommt, wäre es jedoch einfacher‹, dachte sie. Augenblicklich verwirrte sie dieser Gedanke. Schnell ging sie zurück in die Küche. Sie wusch den Milchtopf und räumte das Geschirr in den Schrank.

Als sie im Bett lag und das Licht ausgemacht hatte, verfolgte sie der Gedanke weiter. ›Vielleicht kommt er gar nicht mehr zurück? So einer wie der H. kommt schnell in Schwierigkeiten‹, dachte sie. ›Er kommt unter die Räder und dann ist er verschwunden.‹

Am nächsten Tag verkaufte sie ihr Auto und schrieb dem Herrn T. einen Kündigungsbrief. Sie ging zum Rathaus und fragte sich bis zur zuständigen Amtsstelle durch.

Sie klopfte an die Tür. Eine Männerstimme rief: »Besetzt. Warten Sie.«

Sie setzte sich auf die Holzbank, die neben der Tür stand. Nach einer Weile sprang die Tür auf. Ein Mann trat heraus und hielt die Tür auf. Eine Frau bugsierte einen Kinderwagen durch den Türrahmen. Ein zweiter Mann, der der Beamte sein musste, verabschiedete das Elternpaar. Der Mann und die Frau strahlten. Nachdem sie gegangen waren, sagte der Beamte: »Kommen sie.«

»Der Name des Vaters?«

»H.«

»Wo ist er? Ist er nicht da? Haben Sie seine Papiere? Ich brauche auch seine Papiere. Erkennt er das Kind an?«

»Er arbeitet im Ausland. – Auf einer Insel.«

»Er muss herkommen und das Kind anerkennen«, sagte der Beamte.

»Das kann dauern. Eigentlich fährt er nämlich zur See. Auf der Insel ist er nur manchmal«. Die E. fühlte den Schweiß auf ihrem Rücken. »Er ist nämlich Kellner auf See. Verstehen Sie? Auf einem Kreuzfahrtschiff.«

»Das tut nichts zur Sache. Er muss herkommen und das Kind anerkennen.« Der Beamte machte Eintragungen in ein Formular. Seine Hand führte den Stift die durchnummerierten Zeilen hinab. Hier und da machte er Kreuze oder strich vorgedruckte Worte durch.

»Wie soll das Kind heißen?«

»H.«

»Sobald er wieder zurück ist, muss er herkommen und das Kind anerkennen. Sonst ist nichts gültig.« Der Mann schob ihr das Formular herüber. »Unterschreiben Sie, dass ihre Angaben der Wahrheit entsprechen!«

Als sie aus dem Büro trat, war ihre Bluse durchnässt. Sie ging einige Schritte und setzte sich dann auf die Bank, die an der nächsten Tür stand. Das Kind hatte sich von der Auseinandersetzung mit dem Beamten nicht in seinem Schlaf stören lassen. Sie setzte das Körbchen ab und zündete sich eine Zigarette an.

Die Tür der Amtstube sprang auf und der Beamte kam mit einem Aktenbündel in der Hand heraus. Er ging stracks auf sie zu: »Das Rauchen ist hier nicht gestattet.«

Die E. nahm das Tragekörbchen und schritt über den Korridor dem Ausgang entgegen. Die Absätze ihrer Schuhe klackten auf dem Steinfußboden.

Draußen war es ein sonniger Tag. Hinter ihrem Rücken fiel die Rathaustür ins Schloss. Das Baby öffnete die Augen, und lächelte sie an.

Die Kaiten-Bar

Wie gewöhnlich hatte der Q, wenn er vom Fischereihafen kam, eine Abkürzung durch die Gegend der Lagerschuppen genommen. Dort war ihm der H. begegnet: in einer Ecke kauernd, dreckverschmiert und mit geschwollenem Gesicht. Er half ihm auf die Beine, bugsierte ihn auf seinen Karren, wo der H. sich zwischen den Eimern, in denen die Fische nach Luft schnappten, hinkauerte. Dann nahm der Q. die Deichseln des Zugkarrens wieder in seine Hände und zog an.

Der Q. war ein Mann von 70 Jahren. Er hatte graues Haar und einen dünnen, sehnigen Körper, den er mit Bewegungsübungen in Form hielt. Seine Frau war vor einigen Jahren gestorben und seitdem lebte er allein in dem Obergeschoss des Hauses, in dessen Erdgeschoss er eine Kaiten Bar betrieb.

In seinem Haus quartierte er den Kranken im Keller ein. Dort gab es einen Raum mit einer Matratze. Der Q. gab seiner Küchenhilfe Y. Anweisung, kalte Umschläge zu machen. Die Y. war eine ältere Frau mit schiefen Zähnen. Bei jedem Wort, das der Q. sagte, nickte sie, lächelte und verbeugte sich.

Der H. schlief für mehrere Tage. Immer wenn er aufwachte, standen ein Tablett mit einer Suppe und einem Teekännchen neben seinem Lager.

Einmal kam der Q. mit einem ausländischen Kaufmann in das Untergeschoss. »Wo kommen sie denn genau her?« fragte er. H. nannte seinen Heimatort. Der Kaufmann war ein Landsmann. Der Q. sagte etwas und der Kaufmann begann zu übersetzen. Der Q. wolle wissen, was der H.

gelernt hätte. »Barkeeper«, sagte der H. Der Kaufmann übersetzte.

Der Q. zog die Augenbrauen hoch und sagte etwas. Der Kaufmann übersetzte: »Du kannst für den Alten arbeiten; für einige Monate, bis du das Geld für ein Flugticket zusammen hast.«

Am Morgen seines ersten Arbeitstages ließ der Q. den H. niederknien. Er legte ihm ein schwarzes Stirnband an, auf dem in roten Schriftzeichen etwas geschrieben stand.

»Was heißt das?« fragte der H.

Der Q. lächelte und holte aus dem weiten Ärmel seines Gewandes einen Zettel. Auf dem Zettel stand in einer geschwungenen Handschrift:

»*Wenn der Schüler bereit ist, erscheint der Meister.*«

›Der Kaufmann hat den Zettel geschrieben‹, dachte H.

Sie gingen gemeinsam auf die Uferpromenade, wo der Q. wie jeden Morgen Körperübungen machte. Der Q. bedeutete dem H, die Bewegungen nachzumachen. Der H. versuchte der vorgestreckten Hand seines Meisters, dem langsam sich biegenden Rücken und dem sich plötzlich vorstreckenden Finger zu folgen. Der Q. nahm sich seines Schülers an und stellte hier und da mit kräftigen Griffen die richtige Beugung eines Körpergliedes ein. Der H. ächzte und versuchte mit zitternden Muskeln, die an seinem Leib eingestellten Posen zu halten.

Die Bar verfügte über keine Tische. Die Gäste nahmen auf Hockern an einer ovalen Theke Platz. Die beiden Enden der Theke stießen hinten an die Rückwand des Raumes, wo ein schmaler Durchgang zur Küche war. Dort arbeitete der H. Seine Aufgabe bestand darin, die kleinen Speisen, die der Q. mit flinken Händen aus rohem Fisch zubereitete, auf kleine Tellerchen zu legen, zu garnieren und auf das elektrische Laufband zu stellen, das aus der Küche hinaus über die Theke an den Sitzplätzen der Gäste vorbei lief.

Am Abend ging der H. alleine durch die Straßen. Er trat in ein Telefongeschäft, das günstige Auslandsverbindungen anbot. Er kauerte sich in eine der Telefonzellen und wählte die Nummer des Cafés am Marktplatz. Eine Frau nahm ab. Es war aber nicht die E. Der H. legte auf.

Als er wieder auf die Straße trat, sah er, wie die vielen Schriftzüge sich auf der schnurgeraden Straße in der Ferne verloren. ›Jemand hat alle Schriftzeichen, die es gibt, in einen Cocktail Shaker gefüllt‹, dachte er, ›dann hat er sie durchgeschüttelt und über die Welt ausgeschüttet. – Eigentlich bedeutet alles gar nichts.‹

Irgendwann brachte die Y. ihre Tochter mit. Sie sollte angelernt werden. Wenn sie angesprochen wurde, schaute sie auf den Boden. Von ihrer Mutter musste sie an den Armen in die Küche gezerrt werden.

Wenn weder die Mutter noch der Q. hinschaute, machte der H. für die Tochter Barkeeperkunststückchen: Er ließ die Flaschen Pirouetten drehen und warf das Obst in die Luft, um es im Fluge mit dem Messer aufzuspießen. Dann kicherte das Mädchen, hob für einen Moment die Augen und deutete mit ihren langen, schmalen Händen einen stummen Applaus an.

Der Q. und die Y. verschwanden jetzt öfter, um etwas zu bereden.

Eines Morgens brachte der Q. ein neues Spruchband. »Was steht da?« fragte der H. als der Q. ihm das Band um die Stirn legte. Aber der Q. schüttelte nur den Kopf und ging auf den Fischmarkt, um Ware zu kaufen.

Gegen Mittag kam der Kaufmann in die Bar. Der H. trat zu ihm. »Kannst du mir, sagen, was da steht?«

Der Mann beugte sich vor. »Komm näher, damit ich es besser lesen kann.« H. beugte sich vor und der Mann erhob sich von seinem Hocker, um das Stirnband genauer sehen zu können. Als er sich wieder zurücklehnte, fragte H. »Und?«

»Ein Rätsel.«

»Und was bedeutet es?«

»Es geht um den Weg.«

»Und was hat es zu bedeuten?«

Der Kaufmann lauerte auf das Laufband. Er ließ einige Reisröllchen vorbei ziehen. Dann griff er zu.

»Es heißt«, sagte er, während er ein Becherchen Reiswein erhob, »*Ganz gleich, welchen Weg ich wähle, ich kehre heim.*«

Dann leerte er das Glas in einem Zug.

»Und? – Was soll das bedeuten?« fragte der H.

Der Mann lauerte wieder auf das Laufband. »Das kommt darauf an«, sagte er », was dir noch zustoßen wird.« Auf dem Laufband fuhr ein weiteres Becherchen mit Reiswein heran. Der Mann griff zu und trank.

Am nächsten Morgen ging der H. wie gewöhnlich mit dem Q. auf die Uferpromenade. Der Q. machte seine Übungen, aber der H. ging nur auf der Promenade auf und ab und rauchte. Als der Q. seine Untätigkeit bemerkte, gestikulierte er und machte ein ärgerliches Gesicht.

»Nein, mir ist heute nicht danach«, sagte der H. und zündete sich eine Zigarette an.

Der H. schaute auf das Meer. Er war jetzt schon einige Monate in Qs Haus. Er hatte freie Unterkunft und Verpflegung und daneben gab der Q. ihm etwas Geld. ›Das Leben kann so weiter gehen‹, dachte er. ›Das Leben geht immer irgendwie so weiter.‹

Als der Q. mit seinen Übungen fertig war, gingen sie beide zurück zur Bar. Noch bevor sie eintraten, nahm der Q. den H. zur Seite. Seine Hand verschwand in dem weiten Ärmel seines Gewandes und zog eine Papierrolle hervor. Er nahm die Rolle, die in der Mitte mit einem roten Band zusammen gebunden war in beide Hände und überreichte sie dem H. Dann verbeugte er sich.

Zögerlich nahm der H. die Rolle entgegen und verbeugte sich schwach. Er rollte das Papier auseinander. Es war eine altertümliche Tuschezeichnung, die einen knorrigen, schneebedeckten Ast zeigte. Daneben standen einige Schriftzeichen und Stempel. Es war ein weiteres Papier in der Rolle enthalten. Es war ein Blatt, das aus einem Notizbuch gerissen worden war:

»*Keine Schneeflocke fällt je auf die falsche Stelle.*«

Es war wieder die geschwungene Handschrift des Kaufmanns. Etwas abgesetzt hatte er hinzugefügt:

»Q. heiratet die Tochter der Köchin. Sie wird in sein Haus ziehen. Du musst dich nach einer neuen Bleibe umsehen.«

Der H. hob seinen Blick. Der Q. schaute ihn an. Er hatte seine Arme über die Brust verschränkt und die Hände in den weiten Ärmel seines Gewandes verschwinden lassen. Er verbeugte sich erneut vor dem H. Der H. ließ die Arme sinken und verbeugte sich ebenfalls.

In der Nacht lag der H. wach auf der Matratze. Der Ventilator fächelte die Nachtluft und manchmal das Geräusch eines vorbeifahrenden Autos in den Kellerraum. Es war schwül und kaum kühler als am Tage. Der H. erinnerte sich an das Café am Marktplatz, vor allem zur Winterzeit. Er erinnerte sich gerne an die Tage vor Weihnachten. Er schloss die Augen. Jetzt konnte er die E. sehen.

Sie hatte einen großen Topf mit Glühwein auf ein Servierwägelchen gestellt und vor das Café geschoben. Sie hatte sich einen Mantel übergeworfen und einen roten Schal um den Hals gebunden. Es schneite. Aber nur so schwach, dass es möglich schien, jede einzelne Schneeflocke auf ihrem Weg durch die dichte, graue Winterluft hinunter auf das Kopfsteinpflaster zu verfolgen.

*

Am Tag der Hochzeit blieb die Kaiten-Bar geschlossen. Als er aufwachte, war der Q. bereits gegangen. Es regte sich kein Laut im Haus. Durch den Ventilatorschacht drangen Autolärm, Hupen und das Getrippel der Passanten. Der H. war eingeladen, aber er hatte beschlossen, nicht zu gehen. Stattdessen verstaute er seine Habseligkeiten in eine Tüte und machte sich reisefertig. Dann stieg er die Treppe hinauf, durchquerte den Hinterraum und trat in den Gastraum, wo die Rollläden vor den Fenstern und Türen heruntergelassen waren.

Er ging zu der Schublade, in der Q. das Geld aufbewahrte. Er nahm eines der Messer und hackte auf das Holz ein. Die Klinge brach ab. Er ergriff ein kürzeres Messer und hackte weiter. Sobald das Holz nachgab und oberhalb des Verschlusses eine Kerbe entstanden war, steckte er die Klinge hindurch und brach die Lade auf.

Das Wechselgeld lag verstreut auf dem alten Holz. Aber weiter hinten, in einem Lederetui, fand er Geldnoten.

Er hatte niemanden eintreten hören. Als er sich jedoch

umwandte, das Lederetui in den Händen, stand vor ihm der Q.

Seine Arme waren vor der Brust verschränkt und die Hände in die Ärmel seines Gewandes gesteckt. Es war das Festgewand des Bräutigams. Dem H. rann der Schweiß über die Stirn, und sein eigenes Salz biss in seinen Augen. Tief verbeugte sich der Q. H. ließ das Etui fallen und griff nach dem Messer.

Der Q. begann eine Bewegung.

Der Schlag hatte H.s Brustkorb getroffen. Zuletzt hatte er den Q. gesehen, über sich stehen, in weiter Ferne wie einen Riesen. Dann hatte er die E. gesehen. Sie standen zusammen vor dem Café am Marktplatz. Es war Winter und es schneite. Vor sich hatten sie den großen Topf aufgebaut, aus dem heißer Glühwein dampfte. Einzelne Schneeflocken schwebten über der roten Flüssigkeit, wirbelten im aufsteigenden Dampf kurz herum und verschwanden ohne die Oberfläche zu berühren.

Epilog

Das Kind war schon einige Monate bei ihr. Alle hielten sie für die leibliche Mutter. Doch das Amt machte weiterhin Schwierigkeiten. Da kam Sie auf den Gedanken, den H. als vermisst zu melden.

Doch auf der Polizeistation erfuhr sie, dass ihr jemand bereits zuvor gekommen war: Hs. Tante, eine allein stehende Frau in den Siebzigern, die einige 100 Kilometer entfernt wohnte. Die E. nahm das Tragekörbchen mit dem Baby und bestieg den nächsten Zug.

Einige Stunden später saß sie auf dem mit weißen Häkeldeckchen geschmückten Sofa der Tante und erzählte. (Während die Tante sie mit traurigen Augen anschaute, war es E. in den Sinn gekommen, die Liebesnacht auf dem Kreuzfahrtschiff stattfinden zu lassen. ›Das ist romantischer‹, dachte sie.) Als sie endete, zitterten der alten Tante die Mundwinkel. Die E. tätschelte das Kind und sagte: »So ist das Leben. Es kommt immer alles so unverhofft.«

Die Tante seufzte: »Ich bin so froh, dass der H. noch …« Ihre letzten Worte gingen in Schluchzen unter. Als sie sich wieder beruhigt und mit einem Taschentuch ihre Wangen getrocknet hatte, erhob sie sich: »Meine Freundin, nein, was sage ich: meine Schwester!«

Love in the Gastronomy Business

Alfred Dobisch

Love in the Gastronomy Business

Translated by

Darlene Ann Dobisch

To understand all is to forgive all.

Buddha

Contents

The Cafe at the Marketplace

E. was a woman in her early forties. She had long, thick hair, which was silky after she washed it. She had been working in the café at the marketplace for years. For quite a few months now, H. had been working there too. He was younger than her. He permed or colored his stringy hair, sometimes both. In the morning he would shape it with gel, and during work he would look at himself again and again in the mirrored wall behind the bar.

In summer when the tables in front of the café were full and a number of trays with prepared drinks were waiting on the counter, E. would take up the pace of someone who couldn't catch up with her work. She carried the heavy trays outside and was observant enough to bring the empty glasses inside on her way back.

She only let H. pour her a glass of wine and light her a cigarette in the early evening when the café emptied out. Then she noticed that her blouse was untucked. But she wouldn't fix it. Maybe afterwards, before the evening guests came. But not now.

»Look what I found between the tables,« she said, and laid a silver brooch on the counter. H. took the piece of jewelry in his hand and examined it. The pin was broken off. He put it back on the counter and said: »When are you going to stop bending over for every piece of crap?«

»What do you know about it? You never find anything. Refill my glass,« said E. and put the brooch back in her apron pocket. H. filled her glass and smiled. She lifted her chin up and looked away. ›We're going to grow old here,‹ she thought, ›like a married couple.‹

A couple of days later, around midday, a gray haired man came into the café. He had thrown a coat over his cook's uniform. He went to the bar straightaway. When E. saw him, she immediately dropped what she was doing and spat: »What do you want?«

»I don't have much time. Read this and pour me a glass.«

The man had pulled an envelope out of his coat pocket and laid it on the counter. E. opened the envelope and read. It was a letter from a notary. After she finished reading, she folded the letter and put it back in the envelope. She put the envelope onto the counter and shoved it back at the man.

»You knew it would come to this!«

»Fill my glass!«

E. filled a glass with cognac and put it on the counter. The man drank it in one gulp and put the glass back down.

»It would be better if you left.«

The hand movement was halting at first, then suddenly fast. It grabbed hard. E. groaned in pain and held onto her chest. Wordlessly, the man put the letter away and left.

H. had observed the scene. »Can I help you?«

She hid her face and shook her head. He began to put dishes in the dishwasher.

E. disappeared into the back room. After a couple of minutes she came out. Her hair was a mess and her makeup had run down her face. She had put on her coat. »Could you drive me home?«

When he parked the car in front of her block, she was still shaking. He accompanied her to her apartment. She invited him inside, then threw off her coat in the hall.

»Would you like something to drink?«

»If you're having something, then I will too.«

She poured him a glass of wine.

»That was my ex-husband.«

»I didn't even know you were married.«

Later, she brought him to the door. »It was really nice of you to bring me home.« For a moment, they stood across from each other in the hall. ›I'm still older than him,‹ she thought and embraced him. He also embraced her. They felt their bodies pressed together. The embrace lingered. At some point, his hand started caressing her back up and down. She pressed herself more closely to him. His hands plucked at her blouse. ›But I really don't even come into question for him,‹ she thought. But they were already searching for each others' mouths.

*

In the fall, H. began to train for a Barkeeper competition. The goal was to be able to mix a certain number of cockails in a certain amount of time. A jury would then judge the drinks according to presentation and taste. For preparation, he bought a matt polished shaker, and had his initials engraved on it in large, sweeping letters. During the evening he would practice in the café. Besides the actual mixing of the drinks, he practiced numerous tricks: throwing the bottles and catching them again; throwing a piece of fruit and spearing it in the air with a knife, or throwing the shaker over his shoulder and catching it behind his back.

»How's that?« H. opened the shaker and poured a yellow liquid into a glass in a large arc. E. sipped it.

»There's too much rum in it. You always make everything too strong,« she said. »People don't only want to get drunk, they want to be able to taste it, too!« She made a grimace and shoved the glass away.

The following Monday, H. came into the café with an object wrapped in gray packing paper.

»I won!«

E. took off the paper. It was a framed certificate giving third place in the category »Gin cocktails.«

»We'll hang it over the bar between the mirrors.« E. brushed a couple of bottles aside so that the certificate would have enough space between the two mirrors.

H. was just about to hit the nail on the wall when Mr. G. walked into the café.

»You can't just do what you want here!« Mr. G. was fifty years old, always wore shirts with cufflinks, and used a cane. »But I won,« countered H.

Mr. G. waved his cane. »That doesn't interest me. Some baboon wins something every day.«

H. felt the grip of the hammer in his hands. He had tensed his biceps and had specifically meant to drive the nail dead straight into the masonry.

*

Now the certificate was standing under the counter between the Champagne bottles and wine coolers. H.'s cocktail set was also placed there. There wasn't enough time to take everything with him.

Mr. G. had banged his cane on the counter and shouted: »You're fired. On the spot!« Hereupon H. came behind the counter, still with the raised hammer. Mr. G. waved his cane and growled:

»Just you come, I knew right away that there was something wrong with you.« E. stepped in between them. »Don't be stupid!«

After that, H. disappeared without a trace. E. had been waiting tables alone for quite a few weeks in the café. Suddenly the telephone rang:

»Finally! I wasn't sure what to think anymore!«

»Nonsense. I'm on I. It's dreamy. The weather is so wonderful, only blue skies.«

»I would love to come with you.«

»Could you do me a favor?«

What's the matter? Did something happen?«

»I'm staying here.«

»But aren't you a stranger there?«

»Good barkeepers always find a job.«

»This is all too surprising.«

»Do you want to help me?«

»What do you need?«

»Can you send me my cocktail set? And the certificate too?«

»If you give me the address.«

E. wrote down the address. It was the address of another woman.

»And what kind of woman is that?«

»A business partner.«

»It's always nice to be able to fall in love.«

»We going to open up a bar. We're going to be our own bosses. Nothing more.«

After she had hung up, she began to wrap silverware in napkins. Winter had come and large snowflakes were falling outside the window of the café. While she was looking out onto the marketplace, she tried to picture H. standing under palm trees behind a bar, serving women in bikinis. A couple of school children bellowed outside the window. They pulled on each other's backpacks until they fell into the white blanket of snow. Last year they had built a stand in front of the café during advent. H. had worn a Santa hat and rung a handbell. She had called "spiced wine, hot, spiced wine!" and sometimes, with childlike amusement, she would catch a snowflake on her tongue, which had tumbled in front of her face in the heavy winter air.

After the new year, the bookkeeper reminded her of the vacation days which she hadn't yet taken from last year. »You should take them now,« she said, »It will get hectic again at Eastertime.«

»But I don't even know where I should go.« said E.

»You should take a cruise. You can really get royal treatment on a cruise!«

After work, E. went into a travel agency. A saleslady flipped through the pages of a catalogue for her. When she saw something which she believed was fitting, she pushed the open catalogue over to E.

»There's a nice pool here on the top deck.« she said and tapped on the picture of the swimming pool with a pen.

»There's a nightclub, a vaudeville show and a stage with live music. There's something there for every taste.« She said and tapped on a small picture in the catalogue, which showed people sitting on bar stools and toasting each other.

»During the trip you'll visit three islands,« said the saleslady and listed off the names. H.'s island was one of them.

»I'll take this trip!« said E.

The Island Bar

The bar was in the center of a vacation town. The narrow room was divided by a long counter. The pub had orignially served as a take-out café, but it hadn't been in business for many seasons now. Bar stools could be placed at the counter and there was space for tables outside on the sidewalk.

»That's it!« Said N.

»But the rent is much too high,« said H.

»That's an island for you. Islands are always more expensive.«

N. was tall and thin. She was wearing flip flops, gym shorts and a bikini top. She had a fanny pack slung around her hips, in which the entire capital of their combined venture in the form of a thick wad of cash was found. Her skin had been bronzed by the sun and water, and her shoulder long hair was bleached out.

»Deal!« said Mr. D. He was the owner of the row of shops and ran a restaurant next door. He and N. finished the deal with a handshake.

*

During the next few days, H. was busy renovating the place. In order to relieve the start-up of the bar, Mr. D. had promised to put off the first rent until the end of the month. But even before the opening, he showed up and demanded the money. H. let his paintbrush fall and went after him. N. blocked his way. She opened the fanny pack and paid the fee into the outstretched hand of the landlord.

When they were alone again, H. said, »You just throw money around!«

»And you, what would you have done? Hit him?«

»Yeah, that would have been exactly the right thing to do!«

»Idiot!«

Later, H. was standing in the courtyard behind the row of shops. He lit another cigarette and tried to calm himself down. He stood there between the trash cans and stared at the empty gray dunes just beyond the wire fence, which were littered with empty cans and water bottles.

On the second floor over him, air conditioners were sticking their four sided rumps out of the windows and making an »rrrr rrrr« sound. ›where there is light, there is also darkness,‹ he thought and flipped the cigarette butt through a slit in the wire fence like he had watched the locals do. Not through just any slit, but exactly through the one he had been aiming at with half narrowed eyes.

*

The opening was on a Thursday. Around midday the first guests came: A married couple in their fifties. The man ordered a beer, she a lemonade. N. served munchies in a small bowl. The woman ate a couple of nuts. The man grabbed into the bowl and emptied it. At some point he ordered a second beer. Everything seemed to be running according to plan.

Around 7 p.m. the first guests sat down at the bar. A single man drank a few beers and leered at the girls who came from the beach. Then he went to the bathroom but came right back. »The sink is broken,« he said and sat down at the bar again. H. went into the back to check on it. He turned on the fawcet and the water started running. As he came back into the bar, the man had disappeared. N., who was serving tables outside, didn't notice anything.

Around 9 p.m. the first guests started to dance. Around 1 o'clock in the morning, the pinnacle had been reached. Two girls entered the bar and threw their bikini tops into the crowd.

Around 4 o'clock in the morning H. let down the heavy, rattling, metal grate in front of the entrance. He and N. went arm in arm to their apartment. He set his alarm clock because the beer was out and had to be ordered for the next evening. N. had already rolled herself up into the covers. After he had switched out the light, he sidled up to her body and put his hands around her hips.

»I'm tired,« she said and squirmed out of his embrace.

Soon after, he heard her quiet, consistent breathing. He was lying on his back. A sliver remained open where the curtain was attached to the wall, through which the moonlight fell.

*

The passenger cabin was small but had a window. If E. stood on her tiptoes and looked as far down as possible, she could see rolling waves at the bow of the ship.

She took the shoebox in which she had put H's. certificate and cocktail shaker out of her suitcase and packed it into the clothes drawer.

At breakfast she told a married couple about a friend she would visit on the second island of their trip. A gastronomy worker who was running a bar there.

»Are you going to stay with him?« asked the wife.

»No, an island is nothing for me,« countered E.

»In any case, not right away.«

»Always sun and sea,« swooned the woman, »you should really think about it.«

*

During the week only a few guests came. H. tried to beef up turnover. H offered a »daily special« on an advertising board which he had found in the backroom. He was now carrying the pack with the bundle of money.

During the day,the bar was almost empty. »You can handle this alone.« said N. and went to the beach.

It was a Friday when N. didn't come back at night. H. gritted his teeth and pushed up the metal grate in the morning. He put out the advertising board with the daily special onto the plaza. »Happy Hour.«

N. also stayed away for the next few days. He looked around on the nearby beaches. One morning, a couple of days later, she was sitting in front of the closed grate. When she saw H. she sprang up and linked arms with him. »Come, let's go down to the sea.«

They strolled over the beach along the line where the the waves painted themselves in the sand. »I've fallen in love.« said N.

»What?«

He was a surfer and N. would travel with him to an island which was further south.

»You can have the apartment.« Said N.

»What for?«

»But you have to live somewhere.«

»And our bar?«

»You can keep it and pay me out. We'll make it half-half.«

"But there's no money left.«

"Then you'll have to lend some!"

H. remained standing there and looked her up and down. She was wearing tourist jewelry: little bands with fake pearls, and a leather necklace with something that looked like a shark's tooth on it. She had numerous friendship bracelets on both her left and right wrists, bound with colorful string.

»Get lost!«

N. yielded a step backwards. Then she turned around and ran up the beach. H. sensed that he had balled up his fists and was grinding his teeth.

When he came into the apartment that evening, N's. things were gone. He also cleaned out the apartment the next day. He was now sleeping on the counter in the bar because the concrete floor was too cold. He was able to keep the bar open for a few days. Sometimes he tried to flirt with the girls from the hotel. The young people were looking at him more and more often and began to giggle.

The youngsters complained about the music. H. switched to another radio station. One week later, he didn't have any more guests. He turned the radio off and put the advertising board into the back room again. When he didn't have anything more to do, he opened up a bottle of gin.

The next day he found himself on the floor underneath the counter. In order for him to stand up, he had to pull himself up, step by step, to the counter. No one had let down the metal grate at night. A stray dog was peeing against the wall.

*

»Women? Bitches!« declared Mr. D. They were sitting in his restaurant, discussing the situation. H. wanted to get some money back for the last inventory of beer and wine.

»Your rental debts,« said Mr. D. »I can't give you anything.«

»But we got the place running again!«

»Ah, no! No one is there. No guests!«

H. took a sip of the beer which Mr. D. had put in front of him. Suddenly his landlord's face lit up. »But I would like to do you a favor: My brother-in-law works on a cruise ship. He can do something for you. The ship is even coming in tomorrow.«

*

H.'s island was the second one on the cruise. E. stood at the railing and looked at the storage containers and cranes of the dock site. Slowly, their approach made the details more visible: the colorful signs of souvenier shops and harbor restaurants, the taxis and buses, whose drivers were standing together in groups and smoking.

E. put the shoebox in a shopping bag and went into the little city alone. She asked for directions to the address which H. had given to her. It was an apartment building on the edge of town. The name on the doorbell of apartment 24 had been scratched out.

Then she looked for a bar which might fit H.'s description. It was around midday. Most places were closed. She peered through the grate of a narrow bar which was next to a restaurant. She went back and forth in front of the houses for one hour long. Later, when the other passengers came back from the beach, she filed in with them and returned to the ship.

The Cruiseship

The lower service help, assistant waiters, kitchen staff, and cleaning people were housed in double rooms below water level. H. was lying on his bunk. He imagined that the water of the ocean was batting against the steel wall only a couple of centimeters away from him.

With the back of his hand, he wiped the condensed water from the wall and pressed an ear against it. He heard a droning far away, which was probably the ship's motor.

He shared a cabin with J. J. was a short, dark skinned man, who worked as a waiter in the nightclub of the ship. »That's a good position to salsa with the ladies.« he said and demonstrated a couple of dance steps in the narrow space between their bunks. Then he pulled his chin up, put on his tie in the cabin mirror, smoothed his suit, marched to the cabin door and pulled his chin up even higher: »Adios!«

*

After the ship had left H.'s island, the days went by according to pattern: after an ample breakfast, E. would spend the morning at the pool. She was served white wine with lunch. Slightly buzzed, she would go to her cabin afterwards. She lay down undressed on the bedspread, slid her shoes off on the edge of the bed, pleasured herself and went to sleep.

When she woke up, the light had just changed. The beams now fell more horizontally through the cabin window and she chilled slightly. There was no reason to get up. A tickling went through her legs. It would be painful to get up.

She lay motionless for a few more minutes. At some point she finally got up.

A little later, she strolled through the shopping center of the ship. She would pause here and there at different displays. She bought an ashtray with the ship's coat of arms printed on it. She drank a milkshake in a café. Then she went back to her cabin to get herself ready for the evening. It was her last evening on board. She put on a little more makeup than usual. When she was done and had put her utensils back, she continued to contemplate herself silently in the mirror.

In the evening, she wore an evening gown, for which she had no opportunity to do at home. »And take an evening gown with you, the dress code could be elegant!« the bookkeeper had said.

During dinner, a single finance accountant who was sitting at her table, wanted to get his mind off his work, complimented her on her dress. After she had finished her coffee, she said goodbye to him to go into the dance club alone.

*

H. was assigned to the kitchen help. He had to arrange the buffet. »You can come into the nightclub later,« said J, »we can have a drink and listen to the band who is playing tonight. They're friends of mine.«

*

E. sat at one of the small tables near the dance floor and listened to the band. She sipped on her cocktail slowly, so that she didn't get too drunk too fast. She smoked way too much. She rebuffed a guest who asked her to dance.

The small waiter was giving her the eye. At some point he threw a kiss to her. A little later, he brought her the specialty cocktail of the ship without her ordering it. "For you," he said and looked into her eyes all the while, like they always do in the movies. The bar was now almost empty. Before the band played the last piece, the waiter came and asked her to dance.

He introduced himself as J. The band played a faster piece. Although she never actually danced, she felt like a good dancer in the arms of this man. The second song was slower and he pressed her firmly to him.

When the music stopped and the band bid everyone farewell, they stayed on the dance floor and clapped. They were the only couple. The saxophonist put his instrument down and said something to J. J. replied something and both men laughed. J. took her hand and kissed it. »Let's go onto the top deck.«

*

Lastly, H. had to help clean up the kitchen. They were always short on staff and the chef knew that he was illegal. When he was finally finished, he ripped the apron from his body, fixed his hair in the little mirror sticking to the inside of his locker and stormed upstairs to the above decks.

There weren't any more guests in the nightclub. The musicians were packing up their instruments. »Where's J ?« H. asked the man who was putting a saxophone away. »He's already gone. He has something to do.« Laughing while he said it, and then said something to the other musicians in a foreign language.

*

The ship ran through the water with a light whisper under a clear, starry sky. E. was standing at the railing. J. was standing behind her, holding her entwined. She tried to remember a few constellations, but she couldn't identify any. At some point, she turned around and they kissed.

It was around 4 o'clock in the morning when J. gathered up his clothes and slunk out of the cabin. As he wanted to pull the door shut, E. suddenly pulled the door open from inside.

»This is for you.« She pressed a shoebox into his arms and slammed the door shut.

*

It must have been 5:30 when H. was woken up. ›This guy,‹ he thought and turned over towards the cabin wall. While J. was already snoring, he couldn't fall back to sleep anymore. The sticky air, the droning in the walls, in the mattress, in the pillow, kept him awake. He sweated and thought about the cold winter at home. And about the café at the marketplace. About the open view through the large window, and the silently falling snow in the glow of the lanterns.

*

E. was woken up by the ship's siren. Sunlight fell in sharp

rays through the cabin window. She hurriedly packed her things together and put on something practical for the trip. In a sudden fear of being late and possibly setting sail again with the ship, she ran on deck.

*

H. was awoken by the cabin telephone. »You're late for work!« H. sprang out of bed. He threw water in his face at the sink and combed his hair back. J. was still sleeping soundly on his bunk.

As he finally reached his post, the passengers had already disembarked. Sometimes he paused in his work and looked out of the cabin window onto the quay. At first he saw the buses for departing guests. When he was finished with his work and came above deck, the buses had already disappeared. Only delivery trucks were standing on the quay now. Men were shoving pallets with food onto the ship.

*

In the airplane, she was wiped out. She splashed cold water onto her face in the lavatory at the luggage center. As she pushed her cart through the automatic swinging doors into the arrivals hall, she recognized a guard of honor waiting for her there: Mr. G. She automatically walked a little slower. Mr. G. had already seen her and smiled, whereby also she, in order to be polite, smiled back. He was holding a bouquet of flowers in his hands. The flowers of love.

*

Dawn was breaking. The sea was stormy. The motor droned more than usual. The ship's rump rose and fell. The ship's doctor hadn't gotten any sleep because many guests were seasick and believed that they wouldn't survive the night. H. was sitting at the edge of his bunk. They were sitting opposite each other in the cramped cabin: Head to head and knee to knee. H. had taken out a bottle of schnaps from the shelf on the wall and both of them were on their fourth glass. He drank and listened to J. Like he had always listened to him in the last weeks, when J. would tell his stories about nights in the bunks of women on vacation.

H. was drunk and his body swayed back and forth. J. was also drunk and swaying. H. refilled his glass and J. also held out his glass for more. H. held the bottle vertically over his cup and let the last drops pearl out. Suddenly he held his breath. As if he were decoding something, he brought the label very close to his eyes. Then he sprang up and threw the bottle against the cabin door. J. sprang up too, shouted »Salut!« swallowed down his glass and threw it. The glass smashed against the cabin door and jangled to the floor. H. and J. fell into each others' arms and growled.

Then they plopped their bodies back onto their bunks. Glass and bottle rolled from cabin wall to cabin wall with the rising and falling of the ship. H. sat up and smiled at J. »And yesterday?«

J. giggled. »Got a present!« He bent over and pulled out the shoebox from under his bunk. He took the metal container out and showed it to H.

H. grabbed at it. He stared at the engraved letters.
»Give it back.«

J.'s soft, round face came very close to H. His lips furrowed slightly together, he had a dimple on his cheek and a light trembling of his smooth, boyish nose. H. tensed his neck muscles and jerked his head forward.

The Rest Stop

It was Monday again. E. was sitting in her kitchen, at a table near the window. The old refrigerator was droning next to her. When she was home at all, she would normally sit right here, where it was so cramped that she couldn't stretch out her legs. The little table and stool were from the café. She was allowed to take them when Mr. G. ordered new furniture a few years ago. The ashtray with the ship's coat of arms was on the table. Next to it was an empty pack of cigarettes.

After her return, Mr. G. was not seen again in the café. He had driven her to her apartment. During the ride, they didn't speak much. »I'm so tired,« she had said. He brought her suitcase to the apartment door. After she had unlocked it, she stood undecidedly on the threshold with the flowers in her hand. Mr. G. was still holding the suitcase.

She went into the apartment quickly and put the flowers down. Then, as Mr. G. was already making as if he was going to bring the suitcase into the apartment, she grasped the handle over the threshold and said, "Aw, you can leave it, it's no problem."

Mr. G. retreated back. »Then good night to you.«

After the door had fallen into the lock, she paused for a moment behind it and listened. She hadn't heard any footsteps on the stairs yet. Then the doorbell rang. She ran her fingers through her hair and opened the door a sliver.

»Yes?«

Mr. G. was standing in the hall, a couple of steps away from the door.

»You can come later tomorrow if you like. I mean, if you have some things to take care of.«

»That is very considerate of you, but I can be punctual.«
E. shut the door and listened. Finally she heard footsteps
on the staircase.

During the next few days, Mr. G. was nowhere to be seen.
At the end of the week, the bookkeeper came on his behalf.
She asked E. to come into the backroom with her, closed the
door behind them, took off her gold glasses, and puckered
up her mouth. »You're fired.«

*

J. was brought to the sick bay that night. The next morning
H. was ordered into the office.

An officer handed him his papers along with his last pay:
»Count it,« he commanded. He was wearing a white uniform and had a service cap on his head.

While he was absently shuffling the bills from one hand
to the other, the officer said: »Your private affairs don't
interest us.«

As soon as H. went down the gangway, two men shoved
him from behind. They pulled him into a side street and
then further through an open gate and into the half darkness of a warehouse. A third man was waiting there. H.
recognized the saxophonist. The men pressed him against
the wall. The saxophonist hit him in the stomach. A silent
scream escaped from H.'s mouth and his knees bent up.
But both men held him upright. One took him by the back
of his hair and pulled his head up. The saxophonist put on
brass knuckles and hauled off on him.

*

E. opened up the newspaper. There weren't very many ads for gastronomy. A hotel chain announced a position for buffet assistants: »The typical application papers.« E. stood up and went into the hall, where she opened the top drawer of a desk. She took out some official documents: Tax card, insurance papers; she crammed forms and typed documents into their open envelopes. ›I have to ask Mr. G. for a reference,‹ she thought, and closed the drawer again.

She went back into the kitchen and aimlessly leafed through the newspaper. She stopped short on the cartoon page. She laughed out loud at one comic strip. Then she was silent again. Only the refrigerator droned on and on.

The following week, a highway rest stop put an advertisement in the paper. It gave a telephone number and the name of Mr. T.

She called. Mr. T. immediately answered the phone. »Yes, for the rest stop. There is one cook and the open position for each shift.«

»You've worked a cash register before?«

»Good, and what did you say? How old are you?«

»Do you have any children?«

»Good. Come on in.«

*

She saw an older man in the gas station. He was standing at a rack filled with transparent plastic packages of car accessories: Windshield wipers, spark plugs, and light bulbs. T. grasped into a cardboard box and filled an empty shelf with stuffed animals, which could be bought as souveniers by travelers. T. was tall and fat. He was wearing a checkered shirt and was sweating. E. introduced herself. While he continued to unpack the stuffed animals, he said, »This here is not where you're going to be working. Let's go over to the restaurant.« The man pushed the half empty boxes to the side and stepped towards the door. E. followed him.

The restaurant was at the other end of the parking lot, where a couple of big trucks were parked.

E. looked around the restaurant. The dining area had big windows facing the parking lot. If she stood behind the cash register, she could look out the window, past the parking lot and see the highway, where cars were flitting by behind a line of bushes.

»You will take care of the cash register and serving drinks. If it gets really busy, the cook will also help you in the front. You might also have to go into the back and help him. We aren't squeamish.«

E. nodded.

»We work from 6 a.m. to 10 p.m. in two shifts. Can you start next week?«

»Yes.«

*

In the morning, long distance truck drivers would come for breakfast. During the day, there were a few people who would drink coffee or eat soup. Around midday, tourist buses would come. The passengers would get out, stretch themselves and hurry to the bathrooms. Afterwards, they would hang around the self service counter. They would stare at the meals behind glass, kept warm by heating lamps. Hardly anyone would leave a tip.

In the evening, the truck drivers would come again. They

would buy beer, or ask for the key to the shower room. When they came back, they were wearing leisure clothing and flip-flops. They were freshly shaved and their hair was combed back wet. A couple of them asked: »Hey, what about us? For a half an hour?«

*

It was on one evening during the week, around closing time. She had thrown on her coat and wanted to leave the restaurant when she noticed an unattended bag left near the umbrella stand.

It was a nylon gym bag with two handles. E. had already seen it that day. It was maybe an hour ago that a young woman walked into the restaurant with the bag. She had bought a coffee and sat at a table at the window. While she was drinking, she continually peered through the open zipper into what was inside.

E. bent over. The corner of a wool blanket could be seen. Very carefully, she pulled the folds of the blanket apart.

She stood up abruptly. She looked all around. She ran outside and tried to recognize something in the parking lot. A big wheeler had just left the gas station and roared by her. ›Was that woman sitting in the passenger seat?‹ She peered after the truck and tried to recognize a license plate. But it was already too far away. She became dizzy. The halogen lights buzzed.

She pulled herself together and bent over the bag once again. More slowly this time, she pulled the blanket apart: The newborn had its eyes closed. It was holding a little fist against its mouth. It was sleeping soundly.

Her next thought was to run to the gas station and alarm the police by telephone.

Then a shock ran through her. The newborn had clucked. Carefully she took the baby, still wrapped in the blanket, out of the bag. She pressed it to her and automatically started to rock. The child clucked on, but continued to sleep. There was a baby bottle at the bottom of the bag, a couple of glasses of baby food and an open package of diapers. ›Is it a boy or a girl?‹ she asked herself. She put a finger under the diaper. She felt the warm little tummy and went further until she found something small. ›It's a boy,‹ she thought. The newborn smelled a little sour, like baby lotion and urine. It was very quiet. Sometimes a car would shoot by and the headlights would scurry over the empty tables and chairs in the restaurant.

*

She must have sat there for over an hour on the bench, with the baby in her arms the whole time. She got cold. She got up and put the baby back into the bag. She put the bag onto the passenger seat of the car and turned the motor on.

As she parked the car on her block, she looked all around before getting out. When she didn't see anyone, she hurried into the hall of the building with the bag and into the elevator. Her heart was pounding.

In her apartment she put the baby onto her bed. He slept. She lay down next to him and tried to calm herself down too. The smell of the newborn wafted through the room.

At some point, the baby started screaming. She woke out of a half sleep and sprung out of bed. She tried to prepare the baby's food according to the description on the label of the bottle. She filled the bottle, but the baby didn't want to eat. The child screamed endlessly, and E. became afraid that the neighbors would call the police. Later, the child became quiet and they both fell asleep in mutual exhaustion.

*

When H. woke up, he was lying in a darkened room. From the right side of of the room, over his head, a ventilator fanned air into the room. A green illuminating diode shimmered. He fell asleep again.

The next time he woke up, a clamp light was installed and a tray with soup and tea was standing next to the mattress. He tried to feel his head. He could only open his eyes a sliver, and where his nose was, there was now a gauze bandage. He carefully tested the place. Everything under the bandage was loose, and the pain of his touch threw him back onto his bed.

*

The next day, E. called her family doctor in his office. She complained of menstrual pain and convinced the assistant to send a sick note to Mr. T.

Then she threw on her coat, put the newborn back into the bag and hurried out. In the city, she bought a book about how to care for newborns and got herself the proper utensils in a department store. She bought a little carrying basket in order to be able to have the baby with her at all times. She went to the bathroom and locked herself in one of the stalls. She wrapped the newborn in the blanket and bedded him in the carrying basket.

On the way back to her apartment she met an older neighbor in the hall of the building. »I didn't even notice that you were pregnant.« The old lady bent down towards the baby who was sleeping in the little basket. »Such a sweet child, what's its name?«

E. stopped short. »He's called H. … ,« she said finally, »… like his father.«

She had bought milk substitute and a heater in a pharmacy. The child easily got used to this food. She became better and better at changing diapers. When it slept, she would sit down at the kitchen table, exhausted, and smoke. Sometimes the telephone rang. She didn't pick up.

When the child woke during the night, she prepared his formula and fed him. After he had fallen asleep again, she also drank a glass of warm milk. All the while, she was looking out the window at the moon, which had just appeared from behind a cloud. ›I wonder what H. is doing?‹ she thought. She calculated back ›yes, it could have been.‹ The one night she had spent with H. ›Something like that happens when fate wills it,‹ she thought and began to put together more and more stories.

›When H. comes back, I'll have to introduce him very slowly to the new situation,‹ she thought. ›He should provide a little money and stick around. Then the child can show that he has a father when he goes to school.‹

E. looked in again on the sleeping child. ›It would be easier if he never came back, however,‹ she thought. For a moment she was confused at this thought. She quickly went back into the kitchen. She washed the milk pot and put the dishes away in the cabinet.

As she was lying in bed and had turned out the light, her thoughts pressed on. ›Maybe he won't come back…

Someone like H. gets into tough situations pretty quickly,‹ she thought. ›He gets caught under the wheels and then disappears.‹

The next day, she sold her car and wrote a letter to Mr. T., quitting her job. She went to the city hall and asked for the registry office.

She knocked on the door. A man's voice called: »Busy! Please wait.«

She sat down on the wooden bench, which was placed next to the door. After a while, the door sprang open. A man stepped out and held the door open. A woman buggied a baby carriage accross the threshold. A second man, who must have been the clerk, said goodbye to the parents. After they had gone, the clerk said: »Come.«

»The father's name?«

»H.«

»Where is he? He's not here? Do you have his papers? I need his papers too. Does he acknowledge it as his child?«

»He works abroad. – On an island.«

»He has to come here and acknowledge the child as his,« said the clerk.

»That could take a while. Actually, he is always at sea. He's only seldom on the island.« E. felt the sweat on her back. »He is a waiter at sea. Do you understand? On a cruise ship.«

»That has nothing to do with this. He has to come here and acknowlegde the child.« The clerk filled in different parts of a form. His hand led the pen down the numbered columns. He made x marks here and there and struck out a couple of typed words.

»What's the child's name?«

»H.«

»As soon as he comes back, he has to come here and acknowledge the child. Otherwise nothing is valid.« The man pushed the form over to her. »Sign here, to confirm that what you have said is the truth!«

As she stepped out of the office, her blouse was soaked with sweat. She walked a couple of steps and then sat down on the bench near the door. The child didn't let his sleep be disturbed by the argument with the clerk. She put down the little basket and lit a cigarette.

The door of the office flew open and the clerk came out with a bundle of files. He went straight over to her: »Smoking is not permitted here.«

E. took the carrying basket and walked across the corridor towards the exit. The heels of her shoes clicked on the stone floor.

It was a sunny day outside. The door of the city hall fell into the lock behind her back. The newborn opened his eyes and smiled at her.

The Kaiten Bar

As always, Q. had taken a shortcut through the area with the storage containers on his way back from the fish market. He encountered H. there: cowering in a corner, smeared with mud and a swollen face. He helped H. to his feet, jockeyed him onto his cart, where H. then lay down between buckets of fish gasping for air. Then Q. took the handles of the cart again and pushed on.

Q. was a man about 70 years old. He had gray hair and a thin, sinewy body, which he kept fit with movement exercises. His wife had died a few years ago and since then he had been living alone in the second floor of a house, on the first floor of which he ran a Kaiten bar.

He quartered his sick patient in the cellar of the house. There was a room with a mattress Q. gave his kitchen assistant, Y., orders to make cold compresses. Y. was an older woman with crooked teeth. With every word that Q. spoke, she nodded, smiled, and bowed.

H. slept for many days. Whenever he woke up, there was always a bowl of soup and a pot of tea standing on the night table next to his bed.

Q. came into the basement once with a foreign salesman. »Where exactly do you come from?« he asked. H. named his home country. The salesman was a yellow countryman. Q. said something and the salesman began to translate. Q. wanted to know what H. had studied. »Barkeeper,« said H., The salesman translated. Q. lifted his eyebrows and said something. The salesman translated: »You can work for the old man; for a couple of months until you've saved enough money for a plane ticket.«

On the morning of his first work day, Q. had H. kneel before him. He put a black headband on him, on which something was written in red signs.

»What does it say?« asked H.

Q. smiled and took a piece of paper out of the wide sleeve of his robe. On the piece of paper, written in wavy handwriting stood:

»*When the student is ready, the master appears.*«

›The salesman wrote that piece of paper,‹ thought H.

They went together to the waterside promenade, where he did body exercises every morning. Q. indicated to H. that he should follow his movements. H. tried to follow the outstretched hand of his master, the slowly bending back and the suddenly outstretched fingers. Q. adopted his student and adjusted the correct bending positions here and there with a strong grip. H. moaned and tried to hold the poses, his muscles shaking all the while.

*

There were no tables at the bar. The guests would take seats on bar stools at an oval shaped counter. Both ends of the counter were touching the back wall of the room. There was a narrow passageway to the kitchen there, which is where H. worked. His task was made up of placing the small bites of raw fish, which Q. prepared with nimble fingers, on plates. Then he would garnish them and put them on the electrical conveyor belt, which ran on top of the counter and into the hall where the guests were sitting.

In the evening. H. went through the city alone. He went into a telephone store where they were offering cheap calls to foreign countries. He crouched down in a telephone booth and dialed the number of the café at the marketplace. A woman answered, but it wasn't E. H. hung up.

As he stepped out onto the street again, he saw how the endless stretch of neon lights lost themselves in the distance on the straight road. ›Someone put all the signs into a coctail shaker,‹ he thought, ›then shook them all up and spewed them out all over the world. Actually, nothing really means anything at all.‹

At some point, Y. brought her daughter with her. She was supposed to learn the business. When she was spoken to, she looked at the floor. Her mother had to drag her into the kitchen.

When neither her mother nor Q. was looking, H. did barkeeper tricks for the daughter: He made the bottles pirouette and threw fruit into the air, catching it in mid flight with a knife. Then the little girl giggled, lifted her eyes for a moment and clapped in silent applause with her thin, small hands.

Q. and Y. disappeared more and more often in order to discuss something.

One morning Q. brought a new headband with a saying. »What does it say?« asked H. as Q. wrapped the band around his forehead. But Q. just shook his head and went to the fish market to buy goods.

Around midday, the salesman came into the bar. H. stepped over to him. »Can you tell me what this says?« The man bent over. »Come closer so I can read it better.« H. bent towards him and the man got up off the bar stool to look at the headband a little more closely. As he leaned back again, H. asked, »And?«

»A riddle.«

»And what does it mean?«

»It's about the path.«

»And what's that supposed to mean?«

The salesman's gaze swept over the conveyor belt. A line of rice rolls went by him. Then he grasped for a small cup of rice wine.

»It says,«

»*No matter which path I choose, it will bring me home.*«

He emptied the glass in one swallow.

»And? – what's that supposed to mean?« H. asked.

The man gazed at the conveyor belt again. »That depends,« he said, »on what is still to come for you.« Another little cup of rice wine appeared on the belt. The man took it and drank.

*

The next morning H. went with Q. to the waterside promenade, like always. Q. did his exercises, but H. just went up and down the promenade and smoked. As Q. noticed his idleness, he gestured and made an angry face.

»No, I'm not in the mood today,« said H. and lit another cigarette.

H. looked at the sea. He had been at Q.'s for a few months now. He had a free place to stay and Q. gave him a little money on top of that. ›Life can go on like this,‹ he thought.

›Life always somehow goes on.‹

When Q. had finished his exercises, they both went back

to the bar. But before they entered, Q. took H. aside. His hand disappeared in the wide sleeve of his robe and took out a roll of paper. He took the roll, which was bound in the middle with a red ribbon, in both hands and handed it to H. Then he bowed.

H. haltingly took the paper from him and weakly bowed back. He unrolled the paper. It was an ancient ink drawing showing a picture of a snow covered branch. There was another paper inside the roll. It was a piece of paper which had been ripped out of a notebook:

»No snowflake falls in the wrong place.«

It was the curvy handwriting of the salesman again. A little further down, he had written, »Q. is marrying the daughter of the cook. She is moving into his house. You have to look for a new home.«

H. lifted his gaze. Q. looked at him. He had crossed his arms over his chest and let his hands disappear inside the wide sleeves of his robe. He bowed again before H. H. let his arms fall and bowed to him as well.

*

That night, H. lay awake on his mattress. The ventilator blew in the night air and sometimes the sound of a car driving by could be heard in the cellar. It was humid and hardly cooler than during the day. H. thought about the café at the marketplace, especially in winter. He fondly remembered the days before Christmas. He closed his eyes. Now he could see E.

She had put a big pot of spiced wine on a service cart and pushed it in front of the café. She had thrown on her coat and wound a red scarf around her neck. It was snowing.

But only enough so that it seemed possible to follow every individual smowflake on its way through the thick, gray winter air, down onto the cobblestones.

*

On the day of the wedding, the Kaiten bar remained closed. When he woke up, Q. was already gone. There wasn't a stir in the house. He heard the noise of cars honking, and the pitter-patter of passers-by through the ventilator shaft. H. was invited, but he decided not to go.

Instead, he packed his belongings in a bag and got himself ready to travel. Then he went up the stairs, crossed the back room and entered the guest room, where the rolling shutters on the doors and windows were down.

He went to the drawer in which Q. kept money. He took a knife and hacked away at the wood. The blade broke. He groped for a shorter knife and kept on hacking. As soon as the wood gave way and there was a dent in the upper part of the lock, he stuck the knife through and broke open the safe.

Change lay strewn on the old wood. But further back, in a leather case, he found bank notes.

He didn't hear anyone come in. As he turned around, however, the leather case in his hand, Q. was standing infront of him.

*

His arms were crossed in front of his chest and his hands stuck inside the sleeves of his robe. It was the festival robe of a groom. Sweat ran over H.'s forehead and his own salt stung in his eyes. Q. bowed deeply. H. let the case fall and grasped for the knife. Q. began a movement.

*

The kick hit H. straight in the chest. He last saw Q. standing over him, in the distance, like a giant. Then he saw E. They were standing together in front of the café at the marketplace. It was winter and it was snowing. The image of a large pot from which spiced wine was steaming rose in front of him. A couple of snowflakes swayed over the red liquid, spun around the wafting steam quickly and disappeared without touching the surface.

Epilogue

The child had been with her for a few months now. Everyone thought it was her own. But city hall was still giving her problems. She came accross the idea of declaring H. as missing.

But when she was at the police station, she found out that someone had already come before her: H.'s aunt, a solitary woman in her seventies who lived a few hundred kilometers away. E. took the carrying basket and got onto the next train.

A couple of hours later she was sitting on the aunt's sofa, which was covered with a white, crocheted blanket, and was telling the story of a quickly developed love affair. (While the aunt was looking at E. with sad eyes, E. thought it was best to use the story of a night of love on a cruise ship. ›That's more romantic,‹ she thought.) When she finished, the old aunt's lips were quivering. E. patted the child and said: »Such is life. Everything always comes when you don't wish for it.«

The aunt sighed. »I'm so happy that H. still…« Her final words disappeared in sobs. When she regained her composure and dried her cheeks with a tissue, she got up: »My friend, no, what am I saying: My sister!«